KB067943

거북이 **독서 혁명**

김은정 지음

느리게 읽는 인생

거북이 **독서 혁명**

harmonybook

좋은 것을 발견하거나 경험하면 필요한 사람들에게 알려주고 싶다. 경험을 통한 결실과 깨달음을 나누는 것이기에 말에 힘이 들어간다. 세상은 넓고 재테크 할 곳은 많다는 사실과 삶을 성장시키는 행복 재테크를 전달하고 싶은 마음으로 첫 번째 책 『부자는 내가 정한다』를 집필했다. 독자들의 삶에 돈이 전부가 아닌 한 부분이길, 삶과 돈의 균형을 잘 맞춰가길 바라는 마음으로 두 번째 책 『머니라밸』을 집필했다. 첫 번째 책이 경제적인 면에서 희망을 주고 싶었다면, 두 번째 책은 자기 경영 면에서 희망을 주고 싶었다. 오랜 시간 고된 삶의 연속이었지만 포기하지 않으니 마흔 넘어 선물 같은 삶이 주어졌다. 암흑 같은 삶이 환하게 바뀌면서 기적을 맛보았다. 이 희열을 함께 누리고 싶어 두 권의 책으로 독자들을 만났다.

시간이 흘러 독자들에게 전하고 싶은 보물을 또 발견했다. 이번엔 거북이 독서 혁명이다. 책을 통해 바뀐 정도가 아닌 새로 태어난 삶을 살게 되었다. 평생 독서가 생존의 필수 요소가 되었다. 원래 책을 좋아하는 사람이고, 책만 읽으면 행복해하는 책벌레였다면 이 책을 쓰지 못했다. 정반대의 사람이었고, 책 읽기 어려운 환경을 가지고 있었기에 평생 독서를 실천한다는 것은 기적과 같은 일이다. 책과 함께하는 삶을 즐기는 사람들이 많아지길 바라는 마음으로 세 번째 책을 준비했다.

『부자는 내가 정한다』, 『머니라벨』 그리고 『거북이 독서 혁명』까지. 세 권의 책에 공통으로 적용되는 말이 있다. 그건 바로 "그럼에도 불구하고". 수억의 빚을 지고 월급 전부를 이자로 감당

해야 하는 상황에서도 그럼에도 불구하고 정신으로 버텼다. 아무리 노력하고 최선을 다해도 계속 넘어졌지만, 포기하지 않고 버텼다. 거북이가 책을 읽는 것도 복장 터지는데 독서 불치병으로 30분 이상 책을 읽는 게 불가능하기까지 한 상황. 그럼에도 불구하고 오랜 세월 책을 가까이에 두었다. 그랬더니 기적 같은 삶들이 선물처럼 다가왔다. 가슴 벅차게 행복했고 본능적으로 많은 사람들과 이 행복을 함께 누리고 싶어졌다. 안 되는 독서, 불가능한 독서는 없다는 사실을 알려주고 싶은 마음으로 그럼에도 불구하고 독서를 해야 한다는 메시지를 1장에 담았다.

삶은 매 순간 처음이다. 시기마다 주어지는 역할 또한 처음이다. 물 흐르듯 묻혀가도 되는 역할이 있는 반면에 주도해야 하는 역할도 있다. 그럴 때는 당연히 배움이 필요하다. 무엇이든 시작하는 사람에게 좋은 안내자는 책이다. 경험하고 시행착오 겪으면서 깨달은 것을 담은 책들 덕분에 우리는 수월하게 첫발을 내딛을 수 있다. 나에게 많은 공부와 준비가 필요했던 것은 육아였다. 한 생명을 잉태하고 세상에 내놓고 기르는 모든 과정이 처음인지라 신기하면서도 낯설어서 궁금한 점이 많았다. 다행히 주제별로 안내해주는 육아서들 덕분에 당황스러운 시간을 최소화할 수 있었다. 비타민처럼 마음을 다독여줬던 책들 덕분에 행복한 육아를 할 수 있었고, 소중한 것들을 놓치는 실수를 덜 할 수 있었다. 거북이 독서임에도 육아와 교육에 도움을 받았던 이야기를 2장에 담았다.

서른을 맞이하면서 생존 독서를 했다. 시행착오를 거친 후 마흔 넘어 폭풍 독서를 하게 되었다. 감사하게도 그 과정의 끝이 평생 독서가 되었다. 책을 통해 받은 선물이 많아 거북이 독서 혁명이라는 말이 절로 나왔다. 한 권의 책에서 한 가지씩만 삶에 적용해도 원하는 인생을 살 수 있음을 분야별로 담았다. 3장에서는 책을 통해 인생이 업그레이드 된 이야기를 담았다. 4장에서는 경제적 자유를 이루어가는 과정에 책과 함께 한 시간을 되돌아보았다. 책에서 가장 도움을 받았던 부분은 5장에 담은 자기 경영이다. 책을 통해 치유를 경험했다. 마음 살피는 일을 더 챙겼다. 사람은 누구나 울퉁불퉁한 돌 모양으로 태어난다고 생각한다. 못난 돌을 갈고 닦으며 멋진 보석으로 만드는 일은 살아가는 동안 계속 해야하는 일이다. 삶을 마무리 할 때 가장 빛나는 보석이 될 수 있도록 말이다. 나를 다듬는 과정속에 책은 나 침반과 같은 존재이다.

건강 챙기는 삶을 살 수 있도록 안내해주고 꾸준히 실천하게 해준 역할 또한 책이 해줬다. 그 이야기를 5장에 담았다. 책은 운동, 식습관, 명상, 음식 등 다양한 방법으로 건강한 삶에 대해 끊임없이 일깨워줬다. 물론 읽는다고 모두가 건강한 삶을 사는 것은 아니지만, 적어도 건강을 챙기기 위한 소소한 노력이라도 하게 해준다. 지금도 도서관에서 가면 건강 분야를 빠지지 않고 들르는 이유이기도 하다.

거북이 독서였음에도 책을 통해 큰 선물 받았음을 고백하지 않을 수 없다. 삶 구석구석 책으로 인해 풍요로워지지 않는 부분이 없다. 조금씩이라도 꾸준히 읽었고 작은 것부터라도 삶에 적용하는 연습을 했다. 연습 위에 시간이 더해지자 결과는 놀라웠다. 삶이 송두리째 바뀌었다. 과거보다 내면이 깊고 넓어졌으며 자존이 올라갔다. 경제적으로, 시간적으로 여유로워졌다. 마음에 평화가 찾아왔고, 진정으로 삶을 즐길 수 있게 되었다.

독자 여러분의 삶에도 평생 독서가 함께 하길 바라는 간절한 마음을 담았다. 독서와 거리가 멀었던 내가 독서를 통해 삶이 바뀌고 평생 독서를 실천하게 된 이야기 속으로 여러분을 초대하고자 한다.

차례

< 제 1 장 >

그럼에도 불구하고 독서

1. 후천성 독서가

누구나 후천적 노력으로 책벌레 부럽지 않은 독서가가 될 수 있다. 타고 날 때부터 책을 좋아하는 아이가 있는가 하면, 독서와 거리가 먼 아이도 있다. 책 읽으며 성장하는 아이도 있고, 책 읽기를 싫어하는 아이도 있다. 어릴 때 독서는 타고난 성향의 영향이 큰 것 같기도 하다. 그러나 분명한 것은, 나처럼 어른이 되고서야 책을 읽게 되는 경우도 얼마든지 가능하다는 사실이다. 10년 이상 노력을 하다 보니, 지금은 독서가 삶의 중요한 키워드가 되었다. 책벌레들이 부럽지 않다. 후천성 노력으로 책과 함께 하는 인생, 얼마든지 가능하다. 어린 자녀가 책을 읽지 않는다고 해서 염려하거나 조바심 낼 필요가 없다고 생각한다.

"종일 책 읽고 있으면 너무 행복해. 밥 안 먹어도 배가 부른 느낌이야."

책에 푹 빠져 사는 친구의 재수 없는(?) 말을 들었다. 독서 불치병이 있는 나는 어떤 느낌인지 짐작조차 할 수 없었다. 친구의 표정은 더할 나위 없이 행복해 보였다.

'나도 느껴보고 싶다. 경험해보고 싶다.'

책벌레. 책을 좋아하는 아이들에게 훈장처럼 붙은 별명이다. 책을 많이 읽는 아이가 영재로 자랄 확률이 높다고 주장하는 책이 적지 않다. 육아를 시작하는 부모들에게 파급력이 크다. 책을 읽지 않는 부모조차도 '책 속에 길이 있다'라는 메시지만큼은 신뢰한다. 때문에, 부모들은 책 육아를 필수과정으로 여기기도 한다. 전집을 중점적으로 판매하는 회사의 마케팅까지 더해져, 책 육아는 아이 키우는 엄마들에게 큰 관심사다. 혹여 내 아이에게 책벌레라는 별명이라도 붙게 되면, 원하는 결실 맺은 듯 뿌듯함이 가득하다.

책 육아만이 전부는 아니다. 부모의 노력과 상관없이 성향대로 크는 아이도 많다. 책 육아를 열심히 해도, 읽는 아이와 읽지 않는 아이는 있기 마련이다. 책벌레인 친구는 타고난 성향이 큰 비중을 차지한 경우다. 먹고 사는 문제가 더 급한 시절이 있었다. 책 육아라는 단어는 끼어들 틈도 없었다. 학교 보내주는 것만으로도 감사했다. 독서 습관을 가르쳐주고 적절한 환경을 만들어주는 일은 생각조차 할 수 없었다. 그럼에도 친구는 독서를 좋아했고, 엄마가 되어 아이 키우면서도 책을 놓지 않았다. 반면에 두 살 많은 친구 언니는 책을 그다지 좋아하지 않는다. 한 부모 밑에서 같은 육아 환경에서 자랐음에도 두 사람은 책에 대해서 정반대의 성향을 가졌다. 이런 사례들은 주변에서 어렵지 않게 만날 수 있다. 다양한 사람들의 경우를 살펴보면, 어릴 적 교육이나 환경이 독서가를 만드는 절대 요소는 아님을 알 수 있다.

자기 계발에 관심 컸던 20대였다. 성공한 사람들의 자기 관리에 빠지지 않는 두 가지 습관이 있었다. 독서와 운동이었다. 그때부터 독서를 '꼭 해야 하는 숙제'처럼 받아들였다. 배우고 싶은 것도 많고 놀고 싶은 것도 많은 대학 생활이었지만, 책 읽는 시간은 어김없이 넣었다. 처음에는 관심 분야의 책만 읽었다. 편하고 읽기 쉬운 책만 찾았다. 강박을 갖지는 않았다. 오늘 못 보면 내일 보고, 이번 주에 못 보면 다음 주에 읽으면 된다는 생각이었다.

제대로 이해하고 실천하기까지는 많은 시간이 걸렸다.

평생 독서라는 말을 좋아한다. 나는 매일 책을 읽는다. 독서는 빠트릴 수 없는 일과가 되었다. 읽는 양에 연연하지 않는다. 많이 읽을 때도 있고 한 페이지 읽는 날도 많다. 그렇다. 나는 노력형 독서가다.

꾸준히 노력하면 성과는 반드시 있다. 꽤 오랜 시간 엉터리 편식 독서였다. 휘발성 독서이기도 했다. 포기하지 않았다. 독서를 삶의 일부로 만들기 위해 실천하고 노력했다. 시간이 더해갈수록 독서의 맛에 빠져들었다. 20대와 30대. 많은 책을 읽었다. 마흔을 살아가는 지금. 독서는 내 삶에 큰 힘이 되고 있다. 노력형 독서의 결과다. 읽겠다는 마음과 매일 조금씩이라도 책을 펼치는 습관을 갖기만 하면, 독서를 통한 변화와 성장은 누구나 가능하다.

2. 독서 불치병

　책을 읽지 못하는 사람은 없다. 읽지 않는 사람만 있을 뿐이다. 나는 책에 전혀 관심 없는 사람이었다. 지금은 하루 세 끼 챙겨 먹는 것처럼 독서를 매일 하고 있다. 바쁜 날이면 시간을 쪼개서라도 읽는다. 거실, 부엌, 화장실 등 생활 반경 곳곳에 책을 둔다.

　독서와 거리가 먼 환경에서 자랐다. 어른이 되어서도 책을 읽지 않았다. 살면서 만나게 된 여러 가지 문제들을 해결하기 위해 '어쩔 수 없이' 읽기 시작한 독서가 습관이 된 것이다. 읽는 행위 자체가 안 맞았던 나 같은 사람이 독서광이 되었다는 말은, 세상에 독서를 하지 못할 사람은 아무도 없다는 사실을 증명하는 셈이다.

책을 읽다 보면 밥 안 먹어도 배가 부르다는 친구의 말을 마흔이 넘어서야 이해할 수 있게 되었다. 책을 읽으려고 노력한지 15년 만이었다. 읽고 싶은 책이 더 많아졌다. 다양한 분야의 책들에 관심이 갔다. 작가가 전하고자 하는 메시지에 몰입한다. 내 생각을 덧붙인다. 삶에 적용한다. 이런 과정을 통해 앎에 대한 기쁨과 성장의 희열을 느낄 수 있었다. 물론, 처음부터 이렇게 좋기만 한 것은 아니었다.

책 한 권 읽는 데 며칠이 걸렸다. 어렵거나 두꺼운 책은 석 달 넘게 읽기도 했다. 결론이 궁금해 대충 건너뛰며 읽은 적도 있다. 그러나, 조급하게 책장을 넘긴 경우에는 매번 이해가 어려웠고, 겨우 전달받은 메시지의 위력도 약할 수밖에 없었다. 결국 다시 처음으로 돌아와 차근차근 읽어야 했다. 마음은 급했지만, 독서의 속도는 한없이 느렸다. 읽고 싶은 책이 쌓여있을 땐 느린 독서가 답답하게 느껴질 때가 많다. 하지만, 다시 읽는 번거로움과 비교하면 처음부터 천천히 읽는 것이 차라리 효율적이었다.

느긋하게 읽는다고 해서 내용을 더 잘 이해하거나 오래 기억하는 것도 아니었다. 그래서 더 조바심이 났다. 다른 사람들은 잘도 읽는 것 같았다. 왜 나는 이렇게 속도가 느리고 이해력이 떨어지는 건지. 스스로 실망하고 좌절했던 순간도 많았다.

많이 읽어야 한다는 욕심을 내려놓았다. 자신의 특성이나 단점을 인정하고 받아들이는 것이 성장의 기본이다. 나는 원래부터 속독이 안 맞는 사람이다. 양적 독서에 대한 집착을 내려놓았다. 1년에 몇 권 읽었다는 권 수 자랑을 할 게 아니라면, 제대로 된 성장과 읽고 쓰는 삶 자체에 목적을 두는 거라면, 굳이 속독할 필요가 없다고 생각하게 됐다.

또 다른 문제도 있었다. 마흔 넘어 독서의 기쁨을 느낀 후에도 책 읽는 어려움은 변함이 없었다. 첫 장을 넘길 때는 비밀의 문을 여는 듯 기대감에 가슴이 두근거린다. 가슴 벅참으로 책을 펼쳤어도 10분 정도만 지나면 머릿속에 안개가 끼는 느낌이다. 좀 전의 두근거림과 설렘은 순식간에 사라졌다. 졸린다. 집중력이 떨어진다. 기지개를 켜고 자세를 고치고 다시 책을 펼친다. 얼마 못가서 다시 몽롱해진다. 이런 내가 못마땅했다. 슬프다는 생각까지 들었다. 즐겁게 읽지 못해 애가 탄다.

20년이 넘는 시간이다. 나아지지 않았다. 도서관에서 등받이 없는 쿠션 의자에 앉아 책을 읽다가 나도 모르게 졸아서 책을 떨어뜨린 적도 있다. 한적한 카페에서 커피 한 잔 주문하고 책 읽다가 잠들었던 기억도 난다. 다른 사람 150페이지 읽을 시간에 나는 30페이지도 읽지 못한다. 그럼에도 책을 놓지 않았다. 독서는 나와 맞지 않다며 포기하기는커녕, 더 독하게 마음먹고 책을 읽었다.

다양한 책을 읽는다. 아직도 여전히 책 읽는 것이 어렵지만, 오랜 시간 꾸준히 읽은 덕분에 어렵고 두꺼운 책도 읽을 수 있게 되었다. 인정하고 받아들인 후부터 마음이 한결 편해졌다.

'다음 책 읽어야 하는데 왜 이렇게 졸리는 거야!'
'왜 이렇게 진도가 안 나가는 거야!'
'그렇게 긴 시간 노력했으면 이제 독서 체질이 되어야 하는 거 아냐? 어쩜 지금도 이렇게 독서가 힘든 거야!'

애태우지 않기로 했다. 원망하거나 속끓이지 않기로 했다. 대신 도움이 될 만한 방법들을 찾았다. 컨디션 좋을 때 책을 읽는다. 도서관 스탠드 책상 앞에 서서 읽는다. 자투리 시간을 활용하여 책을 읽는다. 아이를 기다리는 차 안에서 10분, 카페나 식당에서 지인을 기다리며 10분, 공원 벤치에 햇빛 쐬며 10분. 비록 짧은 시간이지만, 이렇게 쌓인 자투리 독서량은 실로 엄청났다. 덕분에 독서를 꾸준히 할 수 있었다. 포기하지 않으면 누릴 수 있다. 책은 선물이다. 독서는 누구나 할 수 있다.

3. 고난의 돌파구 찾기

삶이 힘들수록 서점을 가자. 서점이 낯설다면 도서관도 좋다. 누구나 살다 보면 인생에서 최악의 시기를 맞이할 때가 있다. 역경의 시기, 난이도가 사람마다 다르듯 그 시간을 벗어나는 방법 또한 다를 것이다. 술에 의존할 수도 있고, 잘못된 선택을 할 수도 있다. 돌파구를 찾기 위해 발버둥 치며 다양한 시도를 해볼 수도 있다. 무엇을 하든 독서 또한 삶으로 소환했으면 좋겠다. 힘든 상황인데 한가롭게 책이나 읽게 생겼냐고 반문할 수 있지만, 어려운 시기일수록 책을 펼쳐야 한다. 상처투성인 삶을 보듬어주는 것은 물론이고 새로운 길을 안내해주기 때문이다.

대학생이 되었을 때 고달팠던 어린 시절 기억을 깨끗이 지우고 새롭게 시작하고 싶었다. 왠지 20대는 나만 잘하고 열심히 노력하면 될 것 같았다. 꿈을 향해 전력 질주하고 후회 없는 최선을 다하면 원하던 삶이 펼쳐질 것 같았다. 하지만, 20대 삶 또한 녹록치 않았다. 노력해도 안 되는 현실을 경험해야 했다. 최선을 다하는 것만이 꼭 좋은 결과를 보장해주지 않는다는 것도 깨달았다. 세상이 던지는 펀치들을 여러 번 마주해야 했다. 말로만 듣던 7전 8기를 경험했다. 자연스럽게 나에게 오뚝이라는 별명이 부쳐졌다. 다시 일어나면 일어날수록 마주해야 하는 세상의 펀치는 더욱 세졌다. 30대로 넘어가는 시기가 지금까지 살아온 시간 중 최악이었다. 안 좋은 일은 한꺼번에 몰려온다고 했던가! 사기를 당하고, 잘못된 투자로 수억대의 빚을 껴안고, 절친이라고 믿었던 사람들에게 배신당하고, 건강까지 무너졌다. 모든 것이 다 끝난 것 같았다. 절망감에 빠져 고통 속에서 허우적댔다. 30년 동안 편한 적 없었던 삶, 아무리 노력해도 나아지지 않는 삶. 그만 포기하고 싶은 마음밖에 없었다.

사람들에 대한 상처가 컸기에 대인기피증이 생겼다. 본인의 이익에 따라 시시각각 변하는 사람들이 무서웠다. 몸과 마음 모두 피폐해졌다. 두문불출하고 무너진 상태로 숨만 쉬고 있었다. 무슨 일 때문인지는 기억나지 않지만, 하루는 대형 서점을 지나게 되었다. 그냥 지나칠 수도 있는데, 왠지 그날은 들어가 보고 싶었다. 들어서자마자 발걸음이 멈추었다. 강한 빛이 눈부시게 뿜어져 나왔다. 처음으로 마주하는 환한 빛이었다. 어둠의 공간에 갇혀있는 나를 세상 밖으로 끌어당기는 것 같았다. 발걸음이 멈춘 상태였지만, 신기함에 고개를 돌려 주변을 돌아보았다. 사방으로 진열된 방대한 책들이 시선을 사로잡았다. 발걸음이 시선을 따라 움직였다. 다양한 분야의 책들, 평생 읽어도 다 읽을 수 없는 엄청난 양의 책들을 바라보는 데 미묘한 느낌이 들었다. 아무 의욕이 없던 시기였는데, 긍정의 에너지가 꿈틀거리기 시작했다.

희망이 보였다. 아지트 공간을 서점으로 옮겨와 보자는 생각이 번쩍 들었다. 서점 한 구석에서 책에 파묻혀 지내다 보면 어떻게든 되지 않을까! 싶었다. 아무 생각 없이 몇 년이고 책과 지내다 보면 '시간이 약이다'라는 말이 나에게도 적용될 것 같았다. 그 바람으로 서점 책장 앞 한 구석을 아지트로 삼고 어두 껌껌한 터널의 시간을 보내기 시작했다. 눈뜨면 무조건 서점으로 출근했다. 아는 사람과 마주치는 게 싫어서 모자를 푹 눌러쓰고 원하는 책을 집어 들고 구석진 공간을 찾아 자리를 잡았다. 독서 불치병이 있는 사람이지만 이 때는 핸디캡에서 조금 벗어났다. 평소보다 잠도 많이 자고, 일을 전혀 안하니 몸에 에너지가 남아돌았다. 서점이 가진 장점 또한 독서 불치병이 있는 나에게는 큰 도움이 되었다. 서점은 다양한 분야의 책이 있을 뿐만 아니라 각종 분야의 신간이 먼저 비치된다. 장르를 바꿔가며 골라 읽는 재미가 쏠쏠했다. 연예인이 출판한 책이나, 글자보다는 사진이 대부분인 포토북은 쉬어가는 책으로 딱이었다. 책이 머리에 안 들어올 때는 좋은 책을 필사하기도 했다.

서점 놀이를 하면서 조금씩 생활에 숨통이 트이기 시작했다. 몇 년 전에 접었던 직장으로 다시 출근할 기회가 찾아왔다. 경제적으로 상당히 어려운 시기였기에 '아, 사람이 죽으라는 법은 없구나!' 는 말이 절로 나왔다. 경제 활동을 다시 시작하면서 급한 문제들부터 하나씩 해결해나갔다. 어려운 시기를 벗어나는 데 몇 년이 걸릴지 모르는 일이었지만, 더이상 피하지 않기로 했다. 돌이켜 생각해보면 우연히 시작한 서점 생활 덕분에 삶의 에너지가 바뀌는 계기가 된 것 같다.

4. 씨앗을 심는 시간

예상치 못한 만남으로 시작된 3년간의 서점 생활이 나를 다시 태어나게 했다. 대략 천 일정도 되는 시간이다. 천 일을 투자해서 여러분 삶이 변할 수 있다면 독자 여러분은 무엇을 하고 싶은가?

무너진 이후 두문불출하며 세상일에 관심을 껐다. 독서를 할 마음의 여유도 없었다. 생활에 여유가 있어야 책을 읽는 게 아님을 독서를 통해 위기를 이겨낸 후에 깨달았다. 아쉬울 뿐이다. 시련과 위기를 마주하기 전에 독서의 가치를 미리 알았다면 세상에 대한 분노와 원망을 엉뚱한 데 쏟아내는 어리석은 일을 덜 했을 것 같다.

살다 보면 누구나 고난을 마주할 수 있다. 단지, 고난의 크기가 다를 뿐이다. 역경에 대처하는 자세에 따라 느끼는 강약이 다를 뿐 모두에게나 인생의 오르막과 내리막은 존재한다. 서점 생활 초창기에는 역경을 이겨낸 자서전 같은 책들이 끌렸다. 고난을 겪는 동지가 생긴 기분이었다. 그 책이 세상에 나왔다는 것은 주인공이 역경을 이겨내고 현재는 잘 살고 있다는 증거 아니겠는가. 그 사실만으로도 위로가 되었다. 높은 역경 지수를 담은 책에서 희망을 읽고 용기를 내기 시작했다.

그 당시 현실의 고통을 잊기 위해 새로운 도전을 하나 더 했다. 그건 바로 마라톤 풀코스 완주였다. 달리기를 못하는 나에게는 엄청난 사건이었다. 1km부터 시작했다. 풀코스 도전하기까지 오랜 시간이 걸렸지만, 포기하지 않으니 완주 메달을 목에 걸 수 있었다. 4시간 20분 동안 42.195km를 달리고 결승선을 밟는 순간. 뛰어본 자만이 느낄 수 있는 희열이 선물로 주어졌다. 감격스러운 순간이었다. 대회를 마치고 춘천에서 내려오는 길 삶에 대한 자신감이 뜨겁게 올라왔다.

'그래, 쉽지 않겠지만 처음부터 다시 해보자'

암흑같은 상황에 놓여있지만, 포기만 하지 않는다면 어떻게든 살아질 것 같았다. 풀코스 완주 경험이 서점 생활을 지속하는데 되움이 되었다.

다시 직장에 나가면서는 서점으로 퇴근했다. 가끔 퇴근할 때 갈등이 일어난다.

'피곤한데 집으로 가서 쉴 것인가! 예정대로 서점으로 퇴근을 할 것인가!'

퇴근 후 운전하는 동안도 결정이 안 난다. 마음은 여전히 갈등 중인데, 손이 서점 방향으로 핸들을 돌리면서 갈등이 끝난다. 주차를 하고 바로 내리지 못한 날이 많았다. 체력이 방전되서 30분이라도 쉬었다 가고 싶었다. 얼마나 잤을까. 눈은 떴지만, 몸이 천근만근이다. 시간을 확인하니 다시 망설여진다.

'배도 고픈데 그냥 집에서 가서 저녁 먹고 쉴까? 아냐 여기까지 왔는데, 계획한 일들을 하고 가야지….'

갈등하는 채로 가방을 챙겨 차에서 내렸다. 터벅터벅 걸어가는데 마치 물에 젖은 솜처럼 무거웠다. 이런 날은 서점이 좋아서 가기보다는 스스로 한 약속을 지키기 위해 갔다. 이 핑계, 저 핑계를 대며 미루거나 취소하면 당시 처해있던 현실을 벗어날 수 없을 것 같았다. 그날의 계획을 묵묵히 해내는 것만이 어두운 터널을 벗어나기 위해 내가 할 수 있는 유일한 방법이었다.

서점 생활 덕분에 다양한 책을 만날 수 있었다. 요리, 건강, 교육, 에세이, 자기 경영, 자기 계발, 재테크 기초, 경제, 주식, 부동산 등등 넓은 분야의 책들을 마음껏 읽을 수 있었다. 궁금증을 해결하는 맛에 독서가 재미있어졌다. 또한 사람에 대한 호기심이 많아 인물 중심으로 책을 읽곤 했다. 한 저자에게 빠지면 그 저자가 쓴 책들을 찾아 읽었다. 서점에서 책을 통해 충전하는 시간 덕에 암울한 시기를 버틸 수 있었고, 그때 만난 책들 덕분에 독서 세계로 본격적으로 입문하게 되었다. 살기 위해서 시작했던 독서였고, 재기하기 위해 선택했던 서점 생활이었기에 이때의 독서를 생존 독서라고 부른다.

서점 생활할 때 독서만 한 게 아니었다. 책이 눈에 들어오지 않을 때는 업무 관련 공부를 했다. 아무 바램없이 그 자체를 즐기면서 했다. 서점에서 노력했던 시간이 나의 실력을 키워주었고, 훗날 일하는 데 있어 더 높이 날 수 있도록 날개를 달아주었다. 되돌아보면 평생 독서를 하게 된 것도, 일을 잘하게 된 것도 3년 동안 서점에서 씨앗을 심는 덕분이다.

5. 모든 시작은 책과 함께

고민이 있거나 궁금한 것이 있다면 책에서 답을 찾아보자. 책 속에 길이 있다는 말을 한 번쯤은 들어봤을 것이다. 격하게 공감 되는 말이다. 무너졌을 때 다시 시작할 용기를 책을 통해 얻었다. 재테크에 관심이 생겼을 때도 책부터 찾아봤다. 난생처음 엄마 가 되어가는 과정에 육아서 도움은 절대적이었다. 작가가 될 수 있었던 원동력도 책에서 받았다. 그 외에도 책을 통해 삶의 방향 에 대한 답을 찾아가고 있다.

20대에는 여성 CEO들의 책, 편하게 읽히는 수필집, 직업에 도 움 되는 교육에 관한 책을 즐겨 읽었다. 관심 분야가 자기 경영이

나 교육이다 보니 그런 분야의 책들에만 시선이 갔다. 자연스럽게 편식 독서를 했다. 국내 1호 헤드헌터, 화장품 업계 신화를 쓴 여성 CEO, 어려움을 극복하고 영어 업계 대표가 된 강사, 사교육 업계 한 획을 그은 메가스터디 설립자, 성장에 관련된 저자들의 이야기는 가슴을 뛰게 했다. 책뿐만 아니라 이에 관련된 기사까지 스크랩해서 읽을 정도로 열성이었다. 한경희 가전으로 유명한 CEO에 관한 기사를 출력해서 읽고 열심히 스크랩했던 기억이 지금도 생생하다.

새로운 시작은 항상 책과 함께였다. 임신했을 때 자연스럽게 서점에 앉아 있었다. 임신, 출산, 육아 관련 책을 읽기 위해서였다. 도서관에는 없는 신간이 서점에는 많았다. 종류도 다양해서 골라 읽는 재미가 있었다. 임신 관련 책을 읽을 때 임신 주수에 맞춰서 필요한 부분만 읽었다. 관련된 부분만 읽다 보니 내용이 머릿속에 잘 들어왔다. 부담없는 책 읽기 덕분에 만삭 때까지 서점을 꾸준히 다녔다. 아이가 태어난 후에도 아이 연령에 맞춰 육아에 도움 되는 책들과 함께했다.

30대 중반 이후에는 독서, 건강, 경제, 재테크, 부동산, 주식 등 읽어야 할 분야가 넓어져서 서점 나들이가 꼭 필요했다. 신간들도 궁금했다. 서점을 수시로 가고 싶은데 아이가 어리다 보니 제약이 많이 따랐다. 그래서 생각해낸 아이디어가 아이 낮잠 시간을 활용하기로 했다. 신혼집에서 걸어서 30분 정도 걸리는 곳에 서점이 있었다. 아이가 낮잠 잘 시간을 예상해서 30분 전 유모차에 태우고 서점으로 갔다. 아이는 세상 구경을 하며 두리번거리다 서점에 거의 도착할 때쯤 낮잠을 잤다. 간혹 잠이 들기 전이면 서점 주변을 좀 더 돌다가 아이가 잠들면 서점에 들어갔다. 책을 골라 기쁜 마음으로 읽기 시작했다.

교육, 임신, 출산, 육아, 재테크, 글쓰기, 트렌드, 마음공부, 인생 등등 우리가 살아가면서 새로 공부가 필요한 분야는 끊임없이 생겨난다. 학창 시절에 제대로 배운 적도 없고, 성인이 되어 살아가면서 하나씩 터득해가야 하는 것이 대부분이다. 이때 도움 요청하기에 책만 한 것이 없다.

무슨 일이든 처음은 낯설다. 진입 장벽을 낮추는 데 책만 한 것이 없다. 재테크의 'ㅈ'자도 몰랐던 내가 처음으로 도움받은 곳도 책이었다. 여러 재테크 관련 책에서 종잣돈이라는 공통된 단어를 보고 종잣돈을 열심히 모았던 기억이 있다. 글쓰기 세계로 나를 인도해준 것 또한 책이었다. 나이를 먹을수록 삶에 대한 고민과 성찰은 더 깊어졌는데, 이때도 책이 같이 고민해주며 동행해줬다.

물론 강의, 만남, 경험도 삶에 지대한 영향을 미쳤지만, 늘 새로운 배움의 시작은 책이었음을 부인할 수 없다. 단순하지 않은 인생의 길을 책에게 수시로 물었을 뿐인데, 책은 삶의 성장과 변화로 대답해주었다. 책에서 배운 작은 실천 하나가 변화의 시발점이었다. 실천들이 쌓이면서 정신적으로는 물론이고 물질적으로도 풍요로운 삶을 선물 받았다. 사는 게 고통이었던 삶이 지금은 살아있는 자체가 축복인 나날을 보내고 있다. 이 정도면 책에게 인생의 길을 수시로 물어볼만 하지 않을까!

< 제 2 장 >

행복 육아를 도와 준 거북이 독서

1. 행복한 육아를 위한 비타민

초보 엄마들에게 육아서는 비타민이다. 꾸준히 섭취할 필요가 있다. 출산으로 몸 상태가 엉망이다. 그 상태로 낯선 육아까지 하다 보니 번아웃 될 때가 많다. 체력적으로 정신적으로 방전된 엄마를 충전시키는 좋은 방법이 있다. 그건 바로 나에게 맞는 육아서를 읽는 것이다. 한 번 읽는다고 모든 문제가 해결되는 만병통치약은 아니다. 건강을 위해 비타민을 꾸준히 챙겨 먹는 것처럼 곁에 두고 자주 읽어야 한다.

아이가 태어남과 동시에 딴 세상이 열렸다. 노산으로 인한 출산 후유증이 오래갔다. 조리원에 들어가기 하루 전날 태어난 지

일주일도 안 된 아이가 갑자기 아팠다. 조리원에 못 들어가니 아픈 아이를 데리고 집으로 와야만 했다. 그때부터 100일의 기적을 맛보기 전까지 전쟁 같은 날들이 펼쳐졌다. 아픈 아이가 건강해지기까지 어려웠던 시간, 제대로 쉬지 못해 회복이 더딘 몸 상태, 새벽에 수시로 깨는 신생아를 돌보느라 심신이 지쳤다.

아이가 밤에 자는 시간이 서서히 길어졌다. 진짜로 100일이 되니 아침까지 푹 자는 놀라운 일이 벌어졌다. '우~와 이게 100일의 기적이구나.' 나도 모르게 만세를 부를 뻔했다. 세상이 보이기 시작했다. 현실이 인식되고 정신이 차려졌다. 자연스럽게 틈이 날 때마다 집에 있던 육아서를 집어 들었다.

서서히 엄마가 되었음이 실감났다. 동시에 알 수 없는 감정이 스멀스멀 올라왔다. 시속 200km로 달리던 차가 하루아침에 멈춘 느낌이었다. 빽빽했던 다이어리가 출산 후 텅 비었다. 아이가 '응애~' 하고 우는 순간이 하루의 시작이었고, 아이가 밤에 잠들면 일과 종료였다. 한 번도 경험하지 못한 어색한 일과의 연속이었다. 혼란스러운 마음을 정리하기 위해 글을 썼다. 글로 다 쏟아내고 나니 현실이 조금은 받아들여졌다. 고민 끝에 잠시 나를 내

려놓고 처음 주어진 엄마의 삶에 최선을 다하기로 했다. 삶의 키
워드를 '행복한 육아'로 결정하면서 육아서를 더 열심히 읽었다.
육아서에 자주 보이는 단어가 3년 홈육아였다. 그 주제에 대해
좀 더 알아본 후 나도 3년 홈육아를 결정했다.

　육아하다 보면 심신이 지칠 때가 많았다. 엄마인 내 마음도 위
로와 보살핌이 필요했다. 신호가 올 때마다 나에게 도움이 되는
육아서를 찾았다. 마음이 약해지려고 하면 힘이 되는 육아서를
읽으며 마음을 다잡곤 했다. 이때 가까이 두고 읽었던 책이 서형
숙 작가의 엄마학교였다. 저자의 다른 책들도 찾아서 읽었다. 엄
마학교 덕분에 육아를 좀 더 편안한 마음으로 할 수 있었다. 엄마
만 보면 해맑게 웃어주고, 두 팔 벌리고 아장아장 불안한 걸음으
로 엄마에게 와서 안기는 아이. 엄마에게 무조건적인 사랑을 주
는 존재다. 그 사랑스런 아이에게 엄마는 우주와 같은 존재라고
한다. 그러니 엄마도 환한 웃음으로 아이를 대하며 무한한 사랑
을 줘야 한다는 메시지가 참 따뜻하게 느껴졌다.

　아이는 진짜 그랬다. 아빠와 안방에서 놀고 있다가도 엄마 들
어오는 소리만 들리면 두 팔 벌리고 달려와 나에게 안겼다. 환하

게 웃는 아이의 표정이 행복했다. 어디서 이런 환대를 받아볼까. 태어나서 세 살까지 하는 이쁜 짓이 평생 할 효도를 다 한 것이라는 말에 격하게 공감되었다. 아이가 예민하거나 까칠함으로 엄마를 힘들게 할 때는 나는 명품 아이를 키우고 있다고 생각하라는 메시지도 위안이 되었다. 아이에게 힘든 감정을 그대로 쏟아내지 않고 좀 더 정화된 감정으로 표현하도록 노력했다. 아이를 키우면서 다 가지려는 욕심보다는 하나를 얻으면 다른 하나를 내려놓는 지혜로운 경험담까지 배울 점이 많았다.

육아서를 가까이 두고 수시로 읽으면 행복한 육아에 도움이 많이 된다. 도움이 되는 문구를 눈에 잘 띄는 곳에 부쳐놓는 것도 좋을 것 같아 실행에 옮겼다. 엄마학교의 십계명과 책에서 강조하는 다정한 엄마, 대범한 엄마, 영리한 엄마, 행복한 엄마를 적어서 A4 2장으로 출력했다. 눈에 제일 잘 보이는 냉장고에 붙혔다. 오가며 눈에 담는 것만으로도 육아가 편해졌다. 그 종이들은 이사도 함께 다니면서 10년 넘게 우리 집 냉장고에 부쳐있다.

2. 육아 멘토를 만나다

책을 통해 나에게 맞는 육아 멘토를 만들어 보자. 아이가 태어나면 엄마 나이도 한살이다. 한 살 엄마가 얼마나 어설프고 서툴겠는가. 처음이니깐 잘하기 위해 공부도 하고 다양한 노력도 하는 것이다. 이때 육아 멘토가 존재한다면 시행착오를 줄일 수 있다. 책을 통한 육아 멘토의 존재만으로도 힘이 되기도 한다.

3년 홈육아를 결정하고 육아에 집중했다. 아이와 엄마인 나를 위해 육아에 관한 다양한 방향의 책과 강의를 섭렵했다. 깨달은 부분도 많고 육아에 대한 방향이 어느 정도 잡혔다. 아이의 말과 생각에 귀를 기울이니 엄마로서 교육관이 선명해졌다. 유치원

때 받았던 다중 지능 검사를 통해 아이의 성향에 대해 자세히 알게 되었다. 함께 병행된 부모 양육 태도 검사 결과는 나의 육아가 잘 가고 있음을 응원해줬다.

교육 일을 하다 보니 결혼 전부터 자녀 교육에 관심이 많았다. 우리나라 12년 교육의 끝자락에 있는 고3 아이들과 20년을 보내고 나니 나만의 교육관도 정립되었다. 아이의 타고난 성향과 기질을 존중하고자 했다. 엄마 욕심으로 키우고 싶지 않았다. 만들어진 우등생은 원치 않았다. 대신 인성 바른 행복한 아이로 자랄 수 있도록 엄마도 함께 성장하는 모습을 꿈꿨다.

그래서일까? 박혜란 선생님의 『믿는 만큼 자란 아이들』이 크게 와 닿았다. 제목과 같은 마음으로 아이를 키우고 싶었다. 막상 아이를 키워보니 부모 믿음으로 아이를 자라나게 하려면 부지런히 내공을 연마해야 함을 깨달았다. 다른 어떤 공부보다도 중요한 엄마 공부였다. 아이의 성장에 맞춰 엄마 육아 나이도 튼튼하게 쌓아야 한다. 엄마도 사람인지라 아이를 기르다 보면 불안할 때도 있고, 지칠 때도 있고, 헤맬 때도 분명 있다. 그럴 때 중심을 잡고 제자리로 돌아올 수 있도록 해주는 게 부모의 교육관이다. 멘토들의 책이 그 교육관을 정립하는 데 도움이 된다.

  아들 셋을 키운 박혜란 선생님의 소신 육아는 결혼 전부터 가졌던 내 교육관을 확고하게 해주었다. 자녀를 부모의 소유물이 아닌 하나의 인격체로 대하는 육아가 참 존경스러웠다. 아이들을 위해 일을 그만두면서 경력 단절녀가 되었지만, 나이 마흔에는 새로운 도전을 과감히 실천에 옮기셨다. 아이들에게 공부하라는 말은 안 했지만, 엄마가 최선을 다해 공부하는 모습으로 스스로 할 수 있는 환경을 만들어주셨다. 성향을 존중해주는 육아로 아이들 모두 스스로 원하는 꿈을 찾고 이뤄갈 수 있도록 해주셨다. 참 지혜롭고 현명한 부모라는 생각이 들었다. 주위에서 아무리 흔들고, 간섭을 해와도 흔들림 없이 소신껏 아이를 키우신 이야기에 작가의 부모 내공이 단단함을 느꼈다.

  나의 교육 독립 밑바탕에는 『믿는 만큼 자라는 아이들』 메시지가 깔려있다. 이 책 덕분에 아이를 부모의 소유물이 아니고, 품에 있는 동안 내가 키우는 것이라는 것을 명심하고 있다. 부모가 아이에게 전달하고자 하는 메시지가 잔소리보다는 모범을 보이는 모습 자체로 가르침이 될 수 있길 바란다. 아이에게 책 좀 읽으라고 말할 시간에 엄마가 본인의 책을 읽으면 되고, 아이에게 공부하라고 말할 시간에 엄마 공부를 열심히 하는 게 더 낫다고 생각한다. 아이가 주체적인 삶을 살길 바란다. 감사한 마음으로 최선을 다해 소중하게 살아갔으면 좋겠다. 내가 그렇게 살아가는 모습으로 아이에게 안내해주고 싶다.

독자 여러분도 각자에게 맞는 육아 멘토를 만들어 보자. 육아하는 동안 동행하며 많은 도움을 받을 수 있다. 다만 엄마를 혼내고, 죄책감이나 자괴감 들게 하는 육아서보다 편안한 마음으로 행복한 육아를 할 수 있도록 도와주는 육아서를 가까이하면 좋다. 한 가지 더 주의할 점은 육아서나 강의하는 전문가들이 정답은 아니라는 사실이다. 전문가가 말한 내용을 그대로의 모방하기보다는 내 아이에게 맞는, 우리 집 환경에 맞는, 엄마 성향에 맞는, 육아 방법을 연구하면 더 좋다.

3. 아이와 엄마가 함께 행복한 육아

　따뜻한 육아서를 통해 아이와 엄마 모두가 행복한 육아를 했으면 좋겠다. 엄마 마음 상태에 따라 육아하는 과정이 힘든 시간일 수도, 축복받은 시간일 수도 있다는 사실을 책과 경험을 통해 깨달았다. 아이 마음과 엄마 마음을 동시에 챙기고 돌보는 시간을 중요하게 여겼다. 아이 자존감을 위한 책을 읽다가 내 자존감에도 관심을 가지게 되었다. 엄마의 자존감 회복과 치유 시간이 마음 편한 육아에 도움이 되었다.

　친정 혹은 시댁에서 육아를 도와줘 일을 계속하는 사람들이 부러웠다. 3년 홈육아를 결정하기 전까지 이른 아침 멋지게 차려입고 출근하는 사람들이 부러웠다. 출산 후 꼼짝없이 집에 머물게 되기 전까지 15년 이상을 치열하게 달려왔기에 더 심란했는지도 모른다.

'이렇게 멈추려고 열심히 일하고, 오랜 기간 공부하고, 최선을 다해 달렸던 게 아닌데.'

라는 생각이 나를 한없이 쳐지게 했다. 다행히 그 와중에 읽었던 육아서, 일기장에 쏟아낸 글쓰기, 나에 대한 사색의 시간이 좋은 방향으로 인도해주었다.

엄마 마음을 폭풍 속에서 허우적대게 만드는 일은 육아가 아니더라도 삶 속에서 수시로 나타난다. 결혼 후 더 복잡한 환경에 놓이다 보니 마음 돌봄이 절대적으로 필요함을 느꼈다. 감사하게도 적절한 시기에 편안한 육아에 도움 되는 책을 만났다. 소아정신과 의사인 서천석 선생님이 쓴 육아서였다. 『서천석의 마음 읽는 시간』을 읽고 좋아서 그 전에 출간된 『하루 10분, 내 아이를 생각하다』까지 연이어 읽었다. 두 번째 책은 명상하듯 매일 10분씩 천천히 읽으면 더 도움이 되는 책이다. 서천석 선생님의 책을 읽으면서 마음이 평온해졌다. 엄마가 행복해야 아이도 행복할 수 있다는 메시지를 반복해서 접했다. 온전히 한 개인으로서 내 마음을 돌보는 계기가 되었다. 덕분에 나는 마음 치유에 관한 책에도 관심을 가지게 되었다.

다양한 육아서를 섭렵하며 도움을 받기는 하지만, 엄마도 사람인지라 마음이 한결같을 수는 없다. 육아에 지쳐 에너지가 방전될 쯤 애정하는 육아서를 다시 꺼내서 충전하는 게 도움이 되었다. 아이가 옹알이하던 시기에는 엄마 학교 책으로 육아 비타민을 충전했다. 아이가 말을 시작하고 활동 반경이 넓어지면서 찾아오는 육아 에너지 방전은 서천석 선생님 책으로 마음 비타민을 충전하곤 했다. 아이에 대한 이해 폭을 넓혀 주셨다. 엄마와 아이 마음 모두 챙기는 지혜로운 육아를 배울 수 있었다. 서천석 선생님은 수시로 바뀌는 감정과 여러 마음을 따뜻하게 토닥여주는 뛰어난 달란트가 있는 것 같다.

서점에서 쉽게 접하는 육아서는 혼내고, 가르치고, 훈계하는 스타일이다. 몇 세까지는 이렇게 해줘야 하고, 또 몇 세까지는 이렇게 해줘야 하고, 부모 숙제를 끊임없이 내준다. 안 하면 엄마로서 직무유기 하는 것 같은 분위기를 만든다. 그렇게 해야만 이렇게 될 수 있다는 결론까지 내놓고 따라오게 한다. 아이를 똑똑하게 잘 키워보고 싶은 부모 마음에 그런 책에 혹할 수 있다. 하지만 그런 육아서는 나중에 엄마와 아이 모두를 힘들게 하는 경우가 많다. 아이들마다 타고난 성향이 다르고 부모의 양육 환경과 성향도 천지 차이인데, '내 아이 이렇게 키워서 성공했어요. 영재 만들었어요.' 같은 스타일의 책을 맹목적으로 따르는 것은 좋은 방법이 아니다.

『엄마학교』의 서형숙님, 『믿는 만큼 자라는 아이들』의 박혜란님, 『아이와 함께 자라는 부모』의 서천석님등 이분들의 책이나 강의를 통해 처음 걸어가는 육아에 많은 깨우침과 도움을 받았다. 수시로 육아 비타민을 충전하며 행복하게 엄마 나이를 먹어 왔다. 늦게 알게 돼서 많이 아쉬웠던 책들도 있다. 이제야 읽게되서 읽는 내내 아이에게 미안한 마음이 들었던 『스스로 마음을 지키는 아이』, 아이의 언어로 사랑 가득한 육아를 하는 것이 어떤 것인지 알려준 『가슴 높이로 공을 던져라』. 이제 막 육아를 시작하는 분들에게 추천해주고, 독서토론 모임을 통해 젊은 엄마들에게 읽을 기회를 만들어주는 것으로 아쉬움을 대신했다.

4. 질문이 있는 안식일 식탁

안식일 식탁 문화를 각 가정에 맞는 스타일로 정착시켜보자. 부모가 된 후 자연스럽게 부모 교육에 도움이 되는 책과 친해졌다. 『부모라면 유대인처럼』이라는 책을 시작으로 유대인 교육, 하브루타 관련 책은 무조건 읽을 책 목록에 넣었다. 생활 속에서 실천할 수 있는 내용은 부지런히 메모했다. 계속 가지치기하며 관련 도서를 읽고 필요한 영상을 찾아 가족과 함께 보곤 했다. 이 때 『밥상머리의 작은 기적』이라는 반가운 책을 만났다. 가족 식탁의 중요성을 예전부터 인지하고 있던 터라 친숙하게 읽혔다. 책을 읽은 후 변수가 없는 한 하루 한 끼는 가족이 함께 식사하는 환경을 만드는 데 공을 들였다. 음식에 대한 감사함, 식사 예절,

식탁에서 가족 간의 소통 등 유익한 점들이 많았다. 더 많은 가정이 실천하길 바라는 마음으로 아이를 키우는 가정에는 적극적으로 소개했다.

나를 발전시켜가는 과정에서 잘했던 일 두 가지는 질문하는 것과 각색하는 것이었다. 문제가 생기면 물어보고 공부하고 해결하곤 했다. 또 문제가 생기면 앞의 과정을 반복해서 다음 단계로 넘어갔다. 수업도 그런 스타일로 했다. 토론하는 과정에서 아이들이 스스로 해결하고 답을 찾아가도록 안내했다. 말이 쉽지만 실은 어려운 과정이다. 주입식 교육에 길들여진 아이들은 질문하는 것을 많이 어려워한다. 아이들을 능동적 참여자로 만드는 데는 당연히 진통의 시간이 필요하다. 반드시 거쳐야 할 과정이다. 새로 배운 내용을 진짜 이해했다는 것은 "네"라는 대답을 통해서가 아닌 남에게 설명하는 과정에서 확인된다. 제대로 이해하지 못했다면 남에게 정확하게 설명하기 어렵기 때문이다. 그래서 내가 일방적으로 가르쳐주는 수업보다는 아이들이 풀이하고 설명하도록 이끌었다.

한 가지 더 중요하게 생각했던 것이 토론이다. 주입식으로 지식을 전달하기보다는 서로 의견을 주고받는 토론식 대화법 즉 하브루타식 수업을 했다. 토론으로 문제를 해결하다 보면 사고력도 향상되고, 지식을 자기 것으로 만들기도 쉽다. 처음에는 많은 노력이 필요하다. 그렇지만 멀리 내다봤을 때 아이들에게 스스로 생각하는 힘을 길러주고, 탄탄한 문제 해결력을 길러주기에 더할나위 없이 좋은 방법이다.

밥상머리의 작은 기적을 넘어 안식일 식탁도 도전해보고 싶었다. 『1% 유대인의 생각훈련』 책과 심정섭 선생님이 보내주신 동영상을 함께 시청하고 주일 문화를 실천하려고 노력 중이다. 안식일 식탁을 통해 이웃을 돕기 위한 저금통을 채워가고 있다. 우리에게도 좋은 시간이지만, 무엇보다 아이에게 뜻깊은 경험이되는 것 같다. 기부 문화를 직접 체험하면서 자연스럽게 익숙해지길 기대하고 있다. 만족도가 높은 가족 습관 중 하나다.

유대인 교육에 관한 책들은 부모의 삶에도 좋은 방향을 제시해준다. 책을 통해 부모로서의 삶도 성장하지만 한 개인의 삶도 의미있게 만들어주는 것 같다. 여러 질문 가운데 다음 물음은 큰 울림으로 다가왔다.

'세상을 좀 더 나은 곳을 만들기 위해 내가 기여한 일은 무엇인가?'

시기적으로 좋은 물음을 만난 것 같았다. 이 질문에 답을 완성하는 일이 인생 후반에 내가 걸어가려고 하는 방향인 것 같아 만족감이 컸다.

독서라는 작은 실천을 통해 가정의 좋은 문화를 하나씩 만들어가고 있다. 가족 문화를 실천하면서 아이도 부모도 성장해가고 있다. 부모 내공도 단단하게 만들고, 가치있는 삶을 위해 노력하며 살게 된다. 아이도 의미있는 경험을 하며 독립된 인격체로서 건강하게 자라고 있다. 변화를 경험하다 보니 아이가 있는 집에는 부모들에게 가정 독서를 적극 추천하게 된다.

5. 중요한 것은 공부 그릇이다

아이의 공부 그릇을 파악하고 탄탄하게 키워주자. 부모 불안감에 보내는 학원들, 성공한 아이의 커리큘럼을 따라 하면 내 아이도 그렇게 될 수 있을 거라는 부모의 기대, 아이 적성과 능력을 외면한 채 투영된 입시 로드맵, 뛰어난 마케팅 등으로 수많은 아이들이 사교육 시장에 머물고 있다. 사교육이 나쁜 게 아니라 과도한 사교육이 문제다. 아이들의 적성과 다양성이 무시된 채 모두가 한 방향을 향해 달려가게 하고 있다. 이것이 사회적으로 여러 가지 문제를 야기하고 있다. 무분별한 사교육 시장에 아이를 넣기보다는 공부 그릇을 먼저 파악하자. 아이에게 맞는 속도로 공부 그릇을 키워주는 것이 중요하다.

부모라는 공통적인 주제를 분모에 깔고 자녀 교육과 경제에 대한 가치관이 비슷한 분들을 『경제 독립과 교육 독립』 세미나를 통해 만나고 있다. 공부하는 부모만이 내 가정을 건강하게 지킬 수 있다는 것이 핵심이다. 가정에서 경제와 교육 부분이 평온할 수 있다면 아이도 부모도 행복한 가정이 많아질 것이라 믿는다.

영어 입시 전문가였던 심정섭 선생님은 일을 그만둔 후에 유대인 교육, 하브루타, 자연 출산 등 건강한 가정을 만드는 데 도움되는 공부를 많이 하셨다. 이 주제들을 담은 여러 권의 책이 출간된 덕에 선생님과 인연이 되었다. 선생님의 책 대부분은 공부 그릇을 키우는 방법을 말한다. 공부 그릇을 키우기 위해 '튼튼한 몸, 평온한 마음, 지혜 독서 머리' 이 세 가지를 강조하셨다. 선생님이 주관하는 교육 모임에 참여한 이후 우리 가족도 하나씩 도전해보고 있다. 아이가 성장함에 따라 환경이 바뀌고, 변수가 발생하는 부분도 있어 상황에 맞게 각색해가고 있다.

첫 번째 튼튼한 몸. 건강한 먹거리는 아이가 어렸을 때부터 실천했다. 임신한 후부터 탄산음료를 끊었다. 간혹 콜라가 생기면 그냥 버리거나 청소용으로 쓴다. 지금도 우리 가족은 거의 안 먹는다. 결혼 전 패스트푸드점의 패티와 감자 튀김이 썩지 않는 사진을 본 후 햄버거를 멀리했다. 아이를 키우면서 한 번도 햄버거를 사 준 적이 없다. 피자는 가끔 사 먹거나 야채 토핑과 치즈를 활용해 집에서 만들어 먹었다. 건강한 식단을 위해서 집밥을 선호한다. 덕분에 가족 모두 함께 요리하는 시간을 자주 갖곤 한다. 잡곡밥에 익숙해져 이제는 흰밥이 부담스럽다. 제철 과일 챙겨 먹는 습관도 정착되었으니 건강한 식단을 위한 노력은 평균 이상은 하는 것 같다. 튼튼함 몸을 위해 먹거리뿐만 아니라 운동도 중요시했다. 아이도 운동을 좋아해서 축구, 야구, 농구 등 다양한 스포츠를 경험하고 있다.

두 번째 평온한 마음. 좋은 것은 가족 문화로 만들기 위해 노력한다. 아이에게 잔소리하는 부모가 되지 않기 위해 교육 독립에서 배운 소통 보드를 활용해 보기도 했다. 유대인 교육에서 배운 안식일 식탁을 우리 집 스타일로 각색해서 가족 모두가 자연스럽게 참여할 수 있도록 했다. 꼭 안식일 식탁이 아니더라도 일주일에 하루 정도 가족만의 식탁 문화를 만들어 꾸준히 실천해보는 것도 대안이 될 수 있다. 아이의 평온한 마음을 지켜주기 위해서는 부모의 평온한 마음도 중요하다. 그러기에 부모도 자신의 마음을 살피고 돌보는 노력을 절대 간과해서는 안 된다.

　셋 번째 지혜 독서 머리. 단연코 독서다. 스스로 생각하고 탐구하는 힘을 기를 수 있는 독서가 필요하다. 독서 성향을 타고난 아이들도 있고, 후천적으로 성장하면서 어떤 계기를 통해 만들어지기도 한다. 우리 아이는 호기심이 많고 활동적이라 독서에 푹 빠져 지내지는 않는다. 그렇다고 책을 싫어하지도 않는다. 놀면서 자유롭게 읽고 있다.

　자녀의 공부를 위해 학원 뺑뺑이 돌리는 것보다 더 중요한 것이 있다. 공부 그릇을 탄탄하게 만들어주는 일이다. 튼튼한 몸, 평온한 마음, 지혜 독서를 위해 애써야 한다. 가족 일상의 우선순위에 올려놓고 지키려는 정성이 필요하다. 심정섭 선생님의 책을 읽고 우리 가족에 맞게 각색해서 실천해보니 만족도가 높다. 안식일 식탁을 통해 현재 누리고 있는 것에 대해 감사함이 쌓인다. 나눔을 위한 저금통을 채우면서 아이에게 이웃과 더불어 살아가는 것에 대해 간접적으로 교육할 수 있는 점도 맘에 든다. 최근에 가장 잘한 실천은 가족 독서 토론을 시작한 일이다. 가족 모두가 책과 가까이하는 삶과 친해지고 있다. 밥 안 먹어도 배부른이 경험에 동참하는 가정이 많았으면 좋겠다.

누가 현명한 사람인가? 모든 사람에게 배우는 사람이다

누가 강한 사람인가? 자신을 통제할 수 있는 사람이다.

누가 부자인가? 자신이 가진 것에 만족하는 사람이다.

누가 존귀한 사람인가? 자신의 동료들을 귀하게 여기는

사람이다.

- 피르케이 아보트 4:1 -

< 제 3 장 >

인생을 업그레이드 해 준
거북이 독서

1. 100일 동안 33권 읽기

집중 독서를 해본 적이 있는가. 없다면 100일에 33권 읽기를 도전해보자. 3년간의 서점 생활은 생존 독서였다. 그 시간 덕에 삶을 다시 시작하게 되었지만, 독서 습관으로 이어지지는 못했다. 훗날 100일에 33권 읽기에 도전하면서 다시 독서의 세계로 입문할 수 있었다. 일상에서 독서가 차지하는 비중이 커지면서 책과 더 친밀해졌다.

하루는 아이 낮잠 시간을 활용해서 유모차를 밀고 서점에 갔다. 무슨 책을 읽을까 둘러보다 만난 책이 『독서 천재가 된 홍대리』였다. 독서 습관을 통해 한 사람의 삶이 변하고 성장하는 스토리는 나에게 큰 동기부여가 되었다. 책 속의 주인공이 현존하는 인물이라는 것 또한 신뢰감을 더해주었다. 독서 습관 갖기에 나도 도전해보고 싶어졌다. 그 책 덕분에 100일 동안 일상의 우선순위는 독서였다.

100일이면 3개월하고 10일이 더 걸린다. 그 기간에 33권을 읽으려면 대략 일주일에 두 권씩 읽어야 한다. 거북이 독서를 하는 나에게 일주일 2권 읽기는 벅찬 일이지만, '나도 했으니 당신도 할 수 있다'는 메시지에 용기를 얻어 계획을 세웠다. 기간을 설정하고 시작할 도서 몇 권 알아보았다. 카카오톡 프로필 글을 책 제목으로 바꿨다. 한 권 다 읽고 다음 책을 시작할 때 카톡 대문 글씨 바꾸는 게 재미있었다. 책을 한 권 끝낸 증서를 스스로에게 주는 것 같았다. 책 제목이 바뀔 때마다 지인들이 해주는 응원도 완주하는 데 도움이 되었다.

일하고 육아하면서 일주일에 2권의 책을 소화하기가 버거웠다. 아이 낮잠 시간이 기회인 것 같았다. 문제는 낮잠을 재우다 함께 잠들 때가 많았다는 것이었다. 같이 잘 때는 좋았는데, 깬 후에는 흘러간 시간이 아까워 속상하고 짜증이 났다. 간혹 아이가 혼자 잘 놀아주면 책 읽을 시간을 벌기도 하지만, 아이 안전 때문에 책에 온전히 집중할 수가 없어서 진도가 더뎠다. 밤늦게 일 끝나고 책을 폈지만, 몸이 녹초가 된 상태여서 한 장도 채 못 읽고 바로 꿈나라로 떠나곤 했다.

고민 끝에 아이 낮잠 시간을 독서 시간으로 활용하기로 했다. 낮잠 시간에 맞춰 아이를 유모차에 태우고 동네 산책을 했다. 아이가 잠드는 것 같으면 방향을 틀어 가까운 은행으로 갔다. 시원한 은행에서 아이는 낮잠을 자고 나는 독서를 했다. 차례가 되면 '띵동'하고 울리는 번호표 소리가 변수였지만, 잠든 초반에는 문제가 되지 않아 책 읽을 시간을 벌 수 있었다. 한 은행만 계속 가면 눈치가 보이니 집 근처에 나란히 붙어있는 두 은행을 번갈아 가면서 활용했다. 지금 생각하면 웃음이 나오는 데 그때는 그렇게라도 하지 않으면 100일 미션 완수가 어려운 상황이었다.

시간이 더 필요했다. 아이 낮잠 시간만으로는 일주일에 두 권 어림도 없었다. 『독서 천재가 된 홍대리』 책에서 소개된 카페에서 미라클 모닝을 함께 도전할 사람을 모집하고 있었다. 아침잠이 심각한 나에게 도움이 될 것 같아 신청했다. 생판 모르는 사람들과 한 조가 되어 미라클 모닝을 시작했다. 처음 경험하는 단톡방 활동이라 낯설었지만, 새벽 기상을 할 의무감이 생겨서 좋았다. 그 덕에 아이가 일어나기 전 독서를 할 수 있었다. 수면 부족으로 눈도 잘 안 떠지고 힘겹게 일어났지만, 미션 완주를 위해 잠을 깨고 책을 읽었다. 두 가지 특단의 조치 덕분에 100일에 33권 미션을 달성했다. 저자처럼 인생이 바뀐 것도 아니고 독서 습관이 정착된 것도 아니었지만, 출산 이후 다시 독서의 세계로 발을 들여놓는 계기가 되었다.

100일 동안 무언가를 도전하는 것이 유행이다. 미라클 모닝, 다이어트, 운동, 글쓰기 등 종류가 다양하다. 대부분 뭔가 변화가 필요할 때 새로운 도전을 생각한다. 기간은 습관 만들기에 자주 소개되는 21일, 66일도 좋지만, 습관으로 정착하기에는 100일이 더 효율적이다. 이때 독서도 한 번 도전해보자. 독서를 우선순위에 두고 생활하게 된다. 여러분 삶에 변화를 위한 즐거운 파열음이 생기기 시작할 것이다. 책과 친해지는 하나의 방법이니 도전해보길 권한다.

2. 생산자 독서법

읽는 독서에만 머무르지 말고 생산자가 되는 독서법을 실천해보자. 읽은 책 내용을 몇 줄이라고 적어보자. 익숙해지고 나면 저자의 메시지에 생각을 입혀 서평을 써보자. 궁극에는 책 내용을 그대로 받아들이는 것을 넘어 새로운 글을 써보는 생산적 독서를 할 수 있다.

서점을 아지트 삼아 지낼 때 손길이 닿는 대로 책을 읽었다. 그저 읽는 것에 만족했다. 대부분 스토리텔링 식이여서 읽기 무난했다. 혹시나 읽다 어렵거나 잘 안 읽히면 그냥 덮었다. 누가 시켜서 읽는 것도 아니고, 무슨 결과를 내야 하는 독서가 아니었다.

재미있는 책들만 읽고, 관심 가는 책들만 골라 읽어도 사방에 널리게 책이었다. 독서에 대한 생각, 방법 등은 전혀 고민하지 않은 채 그저 책을 손에 쥐고 있는 것만으로도 만족했던 시기였다. 그러다 경제 분야로 넘어가니 펜과 종이가 필요해졌다. 경제 지식서를 읽을 때는 누가 시키지 않아도 메모하면서 읽었다. 처음 본 주식 용어들을 눈으로 쓱 읽는다고 기억되는 게 아니기에 자발적으로 기록하게 되었다.

100일 동안 33권 읽기에 도전 중일 때도 읽는 자체에 포인트가 맞춰졌다. 당장 필요한 책, 인기있는 책들 위주로 읽으면서 일주일 2권을 채웠다. 카카오톡 프로필 대문 글을 바꾸는 재미에 속도가 났다. 이때부터 항상 책을 가까이에 두기 시작했다. 주말에 가족과 나들이 갈 때도 책을 챙겼다. 틈틈이 주어지는 시간을 독서로 활용하기 위해서였다.

프로필에 쓰여있는 책 제목을 바꾸는 기쁨 뒤에 허전함도 함께였다. 책 제목이 지워지면서 읽었던 내용도 사라지는 것 같았다. 이때부터 읽었던 책 목록을 노트에 적기 시작했다. 처음에는 제목만 썼는데, 쓰다 보니 읽었던 책에 대한 느낌을 한 줄이라도 기록하고 싶었다. 제목, 읽은 기간, 저자, 출판사 등을 적고 책에 대한 느낌이나 인상적인 문장을 기록했다. 쓰면 쓸수록 만족감이 커졌다. 책 내용이 선명하게 정리되면서 오래 남았다. 일, 육아, 살림에 쫓기느라 어설픈 시도였지만, 그래도 앞으로 한 걸음 나아가는 경험이었다.

두 가지 이유로 노트에 기록하는 일은 오래가지 못했다. 첫 번째는 시간이 많이 소요된다는 점이고, 두 번째는 글씨에 신경을 쓰다 보니 내용에 집중이 잘 안 된다는 점이다. 그래도 안 쓸 수는 없으니 워드를 활용하기로 했다. 글을 쓰는 것보다 자판을 두드리는 것이 훨씬 나에게 맞았다. 손으로 직접 쓰는 맛을 놓치는 게 아쉽기는 하지만 지속하기 위해서는 나에게 맞는 방법을 선택하는 것이 낫다. 이때부터 책을 읽은 소감을 몇 줄이라도 블로그에 쓰기 시작했다. 처음에는 쑥스러워서 비공개로 쓰다가 서서히 이웃 공개로 돌렸다. 시간이 쌓이면서 조금씩 나아졌다. 초창기에 비해 자유롭게 글을 쓰게 되었다. 지금은 책을 읽으면 간단하게라도 책에 대한 기록을 남기는 일이 필수가 되었다. 노트가 아닌 SNS를 활용하니 좋은 점들도 많았다. 특히, 검색해볼 수 있는 기능이 있어 나중에 다시 보기가 편리하다.

생산자 독서법에 대해 알게 된 후 예전보다 발전된 서평을 쓰게 되었다. 타인과 공유하고 싶은 문장, 공감 혹은 반대 의견이 있는 문장을 기록하고 생각으로 살을 부쳤다. 그냥 읽고 기록하는 단계를 넘어 생각을 담아 새로운 글을 써보는 시도를 했다. 이러한 시도와 노력이 독서를 더 값지게 해줬음을 긴 시간이 지난 후 깨달았다.

독서와 서평이 한 세트인 생산적인 독서법은 시간이 오래 걸린다. 거북이인 나는 다른 사람들보다 몇 배는 더 걸린다. 읽고 싶은 책들이 쌓여있을 때는 과부하가 걸리기도 한다. 편한 길이 유혹처럼 다가오지만 생산적 독서법이 포기가 안 되었다. 사고의 폭이 넓어지고 깊어짐을 느낀 후부터 더욱 그랬다. 생산적 독서법을 실천한 이후부터는 많은 사람에게 서평을 공유했다. 갈수록 블로그 운영에서 서평이 차지하는 비중이 커졌다. 덩달아 서평 인지도도 상승하게 되었다. 이 글을 읽는 독자들도 읽는 것에 그치지 말고 본인의 생각을 입힌 서평 쓰는 연습을 해보길 바란다. 누구나 삶이 성장하는 독서를 경험할 수 있다.

3. 보고 깨닫고 적용하자

　책을 읽을 때마다 보고 - 깨닫고 - 적용하기 3단계를 연습해보자. 100일에 33권 집중 독서 이후 독서 관련된 책에 관심이 갔다. 이 때 읽게 된 책이 『인생의 차이를 만드는 독서법. 본깨적』이었다. 본깨적 독서법이라 함은 저자가 전달하고자 하는 핵심을 제대로 보고 (본 것), 나의 언어로 확대 재생산하여 깨닫고 (깨달은 것), 내 삶에 적용하는 (적용할 것) 책읽기를 말한다. 왠지 이렇게만 하면 책을 읽은 보람과 결실들이 마구 쏟아질 것 같은 기대감이 들었다. 갑자기 독서가 열심히 하고 싶어졌다. 독서에 대한 새로운 방법을 찾았다는 기쁨에 자신감도 생겼다.

책을 읽다 더 와 닿는 부분에서 본깨적을 했다. 나를 멈추게 한 글귀에서 깨달은 점을 적었다. 예전에는 여기까지 했는데, 한 발 더 나아가 '내 삶에 이것을 어떻게 적용할 것인가?'에 대해 고민했다. 본깨적 방식으로 책 읽기 시작한 후의 변화였다. 본깨적 독서가 쌓이면서 단순히 읽기만 하는 독서에서 완전히 벗어나게 되었다. 대신 거북이 독서 속도는 더 늦어졌다.

처음부터 본깨적 독서가 쉬웠던 것은 아니다. 수시로 브레이크가 걸리고 나의 언어로 확대 재생산하여 깨닫는 것이 말처럼 쉽지 않았다. 깨닫는 과정이 난해할수록 적용하는 과정도 낯설었다. 뭐든 처음에는 어려운 게 당연하다는 생각으로 꾸준히 시도했다. 낯선 행동을 반복하면 언젠가는 익숙해진다는 사실이 이번에도 통했다. 본깨적 독서를 실천한 후 그냥 읽을 때보다 확실히 책과 더 깊은 관계에 놓인 것 같았다. 수박 겉핥기식에서 속의 상태까지 자세히 살피는 독서를 하게 되었다고나 할까. 책이 나에게 다가오는 감촉이 달라짐을 느꼈다.

본깨적 독서를 할수록 새로운 습관이 하나 생겼다. 본깨적에서 진화된 일독 일행을 실천하는 것이었다. 본깨적 독서 덕분에 책 내용을 더 진지하게 읽고 사색의 시간을 많이 가졌다면, 일독 일행은 독서로 인한 삶의 변화를 더 확실하게 경험하게 해주었다. 다방면의 책을 읽다 보면 모든 책이 나에게 맞는 것은 아니다. 때로는 베스트셀러도 안 맞을 수 있다. 그런 책들은 본깨적 독서를 하는 게 힘들다. 책장도 잘 안 넘어갈 뿐만 아니라 읽는 내내 이 책을 끝까지 읽어야 하나… 몇 번의 갈등을 누르면서 마지막 쪽까지 갈 때도 있다. 재미있는 것은 이런 책조차도 일독 일행은 가능하다는 것이다. 300페이지 정도 되는 책 전체 내용이 겉돌지는 않는다. 단 하나라도 배울 점을 건질 수 있다. 한 예로 나에게는 『생각끄기의 기술』, 『타이탄의 도구들』이 그랬다. 번역서의 한계인지 베스트셀러임에도 잘 읽히지 않았고 내용이 머릿속에 들어오지 않았다. 계속 읽어야 할지 덮어야 할지 여러 번 고민할 정도로 책장 넘기기가 버거웠던 책들로 기억된다. 그럼에도 끝까지 완주했더니 후반부에 이 책들이 베스트셀러인 이유가 조금은 이해되었다. 두 권 모두 포기 안 한 결과로 지금까지 실천하고 있는 일독일행을 건졌다.

오늘 하루를 빛나게 해주는 일 하나 적기를 실천 사항으로 정하고 매일 행동으로 옮겼다. 하트 메모지에 적어서 유리병에 담았다. 메모지가 한 장 한 장 쌓여갔다. 한 달쯤 지나니 항아리 속에 못 보던 종이가 한 장 보였다. 꺼내서 보니 아이가 적어놓은 메모지였다. 아이는 엄마가 매일 하는 행동을 유심히 지켜보았나 보다. 엄마에게 소소한 기쁨을 주기 위해 "엄마, 사랑해요."라는 글을 이벤트처럼 넣어놓기도 했다. 나중에는 이것을 변형시켜 1일 1선을 적기로 했다. 이때도 아이는 엄마의 변화에 관심을 보였다. 아이 눈높이에 맞게 설명해주었다. 나중에 아이도 자발적으로 1일 1선을 도전해보길 기대해본다.

지금 독자 여러분이 읽고 있는 이 책 또한 일독일행 실천으로 이뤄진 결과물이다. 독서와 글쓰기에 관한 책을 본깨적하면서 도전하게 되었다. 이 글을 읽고 독자 여러분도 본깨적 독서를 실천해보고 싶은 마음이 생겼으면 좋겠다. 모든 책을 본깨적 할 필요는 없다. 편하게 본인이 좋아하는 책부터 시작해보자. 나에게 선한 영향력을 미치는 책, 마음이 원하는 책부터 실천해보길 권한다.

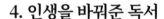

4. 인생을 바꿔준 독서

누구나 독서를 통해 인생을 변화시킬 수 있다. 독서로 인생이 변할 수 있다고 말하는 책을 만났다. 호기심이 생겼다. 그런 책이 한 두 권이 아니었기에 한번 체험해보고 싶었다. 그 책들 영향으로 현재는 독서와 친구가 되었다. 그 여정이 길고 시행착오도 여러 번 있었지만, 나 역시도 독서로 인생이 변한 주인공이 되었다. 독서 덕분에 인생이 풍요로워졌고, 꾸준히 성장해가는 삶을 살아가고 있다.

우리가 수학에서 새로운 개념 배울 때를 생각해보자. 예를 들어 로그라는 개념을 처음 배우면 신기하기도 하고, 처음 접하는 용어와 기호이다 보니 낯설기도 하다. 선생님의 설명을 들으며 로그 개념을 배운다. 기초 문제와 기본 문제를 풀면서 로그라는 개념에 익숙해진다. 기본 문제를 계속 풀다 보면 자신감이 붙어 필수 문제, 더 나아가 심화 문제에도 도전하게 된다. 여기서 고비를 만난다. 안다고 믿었던 개념들이 헷갈리기 시작한다. 새로운 개념들이 뒤죽박죽되면서 혼란기를 겪게 된다. 다시 개념을 점검하고, 기존에 이해했다고 믿었던 문제를 다시 풀면서 헷갈리는 부분을 제대로 잡음으로써 정리가 된다. 이 과정까지 거치고 나면 새로 배운 개념이 온전히 내 것이 된다.

성인이 된 후 수학 개념을 배우듯 인생 독서가 3단계로 다가왔다. 서른을 넘으며 책의 바다에 입문할 때가 첫 단계였다. 그 시절 독서를 나는 생존 독서라고 부른다. 책이 좋아서, 독서가 하고 싶어서 서점을 간 것이 아니라 살기 위해 서점에서 책과 함께했다. 두 번째 단계는 30대 후반에 했던 100일에 33권 읽기를 도전했던 시기다. 첫 번째 단계가 독서라는 무한한 바다를 맛보는 시기였다면, 두 번째 단계는 독서가 삶에 주는 영향력을 살짝 맛보는 시간이었다. 독서가 특별함이 아닌 일상 속에서 함께 뒹굴길 바라게 되었다. 독서와 거리가 멀었던 나에게 독서에 대한 시선이 파격적으로 바뀐 것이다. 이런 변화를 평생 독서 습관으로 만들어준 것이 마지막 3단계 폭풍 독서였다.

아이가 초등학교에 입학하면서 자유 시간이 생겼다. 인생 후반의 삶을 계획해보고 조금씩 시도해보는 계기가 되었다. 아이를 등교시키고 집에 가는 대신 개인 사무실처럼 쓰는 공간으로 출근했다. 하루 일과표를 짜는데 우선순위 1번에 독서를 넣었다. 3시간 이상 책을 읽으려고 노력했다. 항상 가방과 차에는 책들이 여러 권 준비되어 있었다.

이 시기 독서를 나는 폭풍 독서라 부른다. 도서관에서 담아온 책들이 세상에 대한 호기심, 지적 호기심 모두 충족시켜주는 맛에 부지런히 읽었다. 읽을 책이 바닥날 때면 도서관에 책 쇼핑갔다. 읽고 싶었던 책을 찾고, 신간 코너를 돌며 눈에 들어온 책을 신나게 담았다. 도서관에서 만들어 놓은 추천 도서 목록을 참고하며 읽을 책을 고르기도 했다. 무거운 도서 가방을 들고 도서관을 나오는 길 품에 안긴 책 무게만큼이나 기분은 날아갈 듯 좋았다.

가족 독서 문화도 발전했다. 평소 주말에 캠핑같은 야외활동을 많이 하는 우리 가족이지만, 날씨가 도와주지 않을 때는 무조건 도서관을 택했다. 미세먼지가 심해서 나들이를 갈 수 없는 날, 비가 와서 체육 활동을 할 수 없는 날은 하루 종일 도서관에서 뒹굴거렸다. 아이는 어린이실로, 남편은 일반실로 가서 책도 보고 신문을 읽는다. 나는 노트북 실로 가서 글을 쓰고, 업무를 보고, 책도 읽는다. 어쩌다 한 번씩 갔던 도서관이 차츰 우리 가족의 새로운 아지트가 되어가고 있다.

　생존독서, 미션독서, 폭풍독서 3단계를 모두 거치고 나니 이제는 독서와 일상생활을 떼고 생각할 수가 없다. 맛있는 음식 덕분에 입이 즐겁다면, 좋은 책 덕분에 머리가 즐겁고 마음이 평화롭다. 자연이 주는 사계절 선물에 눈이 호강한다면, 삶의 윤활유 같은 책 덕분에 인생이 평화롭다. 거북이 독서, 독서 불치병 등의 핸디캡을 가지고 있는 나도 이런 독서 호사를 누리고 산다. 여러분은 시작만 한다면 더 큰 혜택을 누리게 될 것이라고 확신한다.

5. 우리 모두에게 필요한 글쓰기

독서뿐만 아니라 글쓰기도 성장에 필수 요소다. 독서와 글쓰기는 한 세트라고 생각하자. 사고의 유연성을 기르고 내면을 살찌우는 독서를 위해서는 단순히 읽는 것에 머무르지 말고 꼭 아웃풋을 해야 한다. 책을 읽고 아웃풋 하기에 좋은 방법 중 하나가 서평을 쓰는 것이다. 그냥 읽는 것보다 몇 줄이라도 메모로 남기면서 읽으면 독서가 더 즐거워진다.

암울하고 고단했던 10대 시절 일기는 나를 버티게 해준 고마운 친구였다. 7전 8기 정신으로 오뚝이처럼 보냈던 20대 때도 일기는 든든한 친구였다. 하얀 백지를 까만 글씨로 채우고 나면 마음이 좀 나아졌다. 생각이 많을 때 글을 쓰면 복잡한 머릿속이 가벼워지기도 했다. 이때부터 글쓰기는 언제나 나와 함께 했다. 담임을 맡았을 때 썼던 교사일기도, 아이를 키우면서 썼던 육아일기도 쓰는 자체가 선물이었다. 글쓰기는 행복은 키워주고 슬픔은 줄여주는 마법사 같았다.

폭풍 독서를 하던 시기에 글쓰기 관련 책을 접하게 되었다. 제목에 끌려 펼친 책이었는데 책쓰기에 관한 책이었다. 책 곳곳에 궁금증을 유발하는 내용을 따라 읽다 보니 한동안은 책쓰기에 관한 책을 집중적으로 읽게 되었다. 독서를 통해 그동안 의아했던 것이 모두 풀렸다. 몰랐던 세상을 경험하니 약간은 흥분되기도 했다. 책을 읽으면 읽을수록 출간에 대한 필요성이 명확해졌다.

어둡고 긴 터널을 힘겹게 걸어 나온 경험, 맨땅에 헤딩하듯 무에서 유를 창출해서 경제적 자유를 이룬 경험, "그럼에도 불구하고 인생"을 살면서 포기하지 않고 행복한 삶을 만든 경험, 이 경험에 담긴 메시지를 나눈 것에 대해 막연히 생각해본 적이 있다. 그 생각이 폭풍 독서를 경험하면서 현실이 되었다. 세상은 넓고 재테크 할 곳은 많다는 사실을 알려주고 싶었다. 나 같은 흙

수저 출신들에게 희망을 전달해주고 싶었다. 이 마음으로 출간을 결심하고 실행에 옮겼다. 그 결실로 2018년 4월 첫 『책 부자는 내가 정한다』가 세상에 나왔다. 그 후로 2년 뒤에 『머니라밸(Money and Life Balance)』이라는 두 번째 책까지 탄생했다.

글쓰기에 대한 관심이 커지면서 강원국 작가, 유시민 작가, 고미숙 작가 책도 읽게 되었다. 꼬리에 꼬리를 물 듯 위 작가들이 쓴 다른 책도 읽고 싶어졌다. 자연스럽게 유시민 작가의 『어떻게 살 것인가』, 고민숙 작가의 『공부의 달인 호모 쿵푸스』, 박웅현외 일곱 명의 작가가 함께 쓴 『생각수업』등을 읽게 되었다. 비록 독서 속도는 느리지만 이렇게 또 한 번 독서의 영역을 확장해갔다.

나는 독서만 거북이가 아니라 글쓰기도 거북이다. 독서는 불치병을 갖고 있다면, 글쓰기는 시간 잡아먹는 하마처럼 쓴다. 글을 한 편씩 쓸 때마다 썼다 지웠다를 수없이 반복하고 몇 줄 쓰는 데도 세는 시간이 많아 오래 걸린다. 평소 하는 글쓰기도 이런데 블로그는 사진 편집까지 해야 해서 더 걸린다. 블로그 포스팅도 부담으로 다가올 때가 많았다. 그 시기에 읽었던 책이 김민식 PD의 『매일 아침 써봤니?』였다. 이 책을 읽고 글쓰기에 대한 힘을 빼고 싶어 또 미션을 만들었다. 100일 동안 매일 포스팅 하기. 포스팅 하나에 시간을 많이 쓰는 나에게 쉬운 일은 아니지만, 뭐든 시작을 하면 죽이 되든 밥이 되든 완주하는 사람이기에 도전을 했다. 매일 쓰기 위해서 저절로 힘을 뺄 수밖에 없었다. 마감 시간이 있는 글을 쓰다 보니 더 집중해서 쓸 수 밖에 없었다. 꾸역꾸역 쓰던 시기도 있었지만, 꾸준함으로 또 한 번의 100일 미션을 해냈다.

글쓰기는 여전히 노력 중이다. 어쩌면 평생 노력을 해야 할지 모른다. 글은 쓰고 다듬는 연습을 할수록 조금씩 나아진다는 것을 잘 알기 때문이다. 매일 30분 글쓰기를 평생 습관으로 만들고 싶은 바람이 또 생겼다. 글쓰는 삶이 우리의 내면을 단단하게 만들어줌을 경험했기 때문이다. 삶의 희노애락을 담아내는 글쓰기가 여러분의 일상에도 함께 했으면 좋겠다.

< 제 4 장 >

만오천원 투자로
십만배 수익을 얻게 해 준
거북이 독서

1. 머니파이프

급여 외에 소득을 발생시켜주는 다양한 머니 파이프를 만들자. 월급만으로 경제적 자유를 누리기 어렵다. 평범한 급여 생활자일수록 급여 외의 수입을 늘려야 한다. 많고 적음을 떠나 다양한 소득을 가지고 있으면 경제적 여유로울 뿐만 아니라 위험 분산도 된다. 부담 갖지 말고 작은 거부터 하나씩 만들어 가보자.

20대 중반 알뜰하게 모은 이천만 원을 서울로 보냈다. 엄마의 권유로 별 의심없이 보냈는데, 매달 40만 원이 통장에 들어왔다. 정확한 날짜에 들어오고 한 번도 연체된 적이 없다. 통장에 차곡차곡 쌓여가는 돈을 보니 그제서야 '이게 뭐지?' 싶었다. 당시 한 달 동안 아르바이트해서 받는 돈이 적게는 25만 원, 많이 받아야 40만 원이었다. 한 달 내내 나의 시간과 노동을 투입하고 받은 댓가였다. 그에 비해 아무 일도 하지 않고 받는 40만 원이라는 돈은 큰 돈이었다.

"돈이 돈을 버네. 만약 이천이 아닌 1억이었다면 매달 200만 원이 들어왔겠지. 200만 원이면 직장인 월급 수준이잖아. 진짜 돈이 돈을 버는구나. 재테크는 선택이 아닌 필수네."

가장 쉬운 책부터 찾아보았다. 재테크 기본서 몇 권을 읽고 나니 공통적인 단어 하나가 눈에 들어왔다. 그건 바로 종잣돈.
'아! 재테크를 하려면 종잣돈부터 모아야 하는구나.'
이 결론만 얻고 책을 덮었다. 종잣돈 모으면서 공부를 계속 했다면 훗날 사고를 치지 않았을 것이다. 시간이 필수인 재테크에 일찍 관심 갖은 게 장점이 될 수 있었는데, 꿈 많은 20대에 나는 그러지 못했다. 종잣돈만 열심히 모으고 꿈을 이루는 일에 더 몰두했었다.

공부가 안된 상태에서 일을 벌이다 모든 것을 다 잃고 무너진 시기가 있었다. 결과적으로는 이때가 좋은 계기였다. 이번에는 단순 호기심이 아닌 제대로 공부해보기로 했다. 재테크를 시작하면 누구나 한 번쯤 읽게 되는 책이 있다. 재테크 바이블로 알려진 로버트 기요사키의 『부자아빠 가난한 아빠』. 초보자인 내게도 다양한 깨달음을 주었다. 돈을 버는 원리와 그것을 사고해내는 관점, 급여 생활자의 한계와 경직된 사고의 위험성, 열린 사고, 부자로 사는 방법 등 배울 점이 많았다. 돈이 자신을 위해 일하게 하는 시스템을 만들어야 한다는 메시지를 처음 알려준 책이었다. 이 책 덕분에 단순히 시세 차익으로 자산을 늘려가는 것에만 포커스를 두지 않게 되었다.

나 역시도 처음에는 근로 소득이 전부였다. 종잣돈을 열심히 모으던 시기에도 근로 소득밖에 없었다. 투자를 시작하면서 다른 소득들이 생기기 시작했다. 배당금을 받으면서 배당 소득이 생겼고, 임대인이 되면서 임대 소득이 생겼다. 그렇게 하나씩 소득 파이프를 늘려갔다. 재테크 시작을 이런 방향으로 설정했더니 현재 가정의 수입 또한 다양하다. 근로 소득뿐만 아니라 사업 소득, 이자와 배당 같은 금융 소득, 임대소득 등으로 구성할 수 있었다. 다양한 소득에 초점을 두고 재테크를 하다 보니 자동으로 깨달은 것이 있다. 첫 번째 책 『부자는 내가 정한다』에서 누누이 강조했던 세상은 넓고 재테크 할 곳은 많다는 사실이다. 직접 해보니 진짜 그랬다. 그만큼 세상은 재미있고 경험할 것이 많은 곳이었다.

어느 정도 자산이 커지고 다양한 파이를 갖추다 보니 『부자아빠, 가난한 아빠』 책을 다시 보고 싶어졌다. 다섯 개 명함으로 하는 일이 다양해지다 보니 더욱 생각났다. 반가운 마음으로 오래된 책을 펼쳤다. 초보일 때는 부에 대한 마인드, 재테크에 대한 밑그림을 그리는 부분이 눈에 들어왔다면, 이번에는 큰 그림을 그리는 부분에 초점이 맞춰졌다. 각 분야별로 능력 있는 사람을 고용하고, 전문가들과 함께 큰 시스템을 경영하는 방향에 대해 깊게 생각하게 해주었다. 그 단계를 이루기까지 갈 길이 멀지만 적어도 사고를 한 단계 업그레이드 시키는 데 도움이 되었다.

2. 비자발적 경매

투자 목적이 아니더라도 경매 기본은 공부해두면 좋다. 최근에 '경매 어때요'라는 질문을 자주 받는다. 경매를 배워볼까 하는데 어떠냐고 묻는 것이다. 재테크 목적이라면 결코 만만치 않는 영역이다. 그 이유를 설명해주고 그럼에도 기본은 공부해두라고 말한다. 경매에 쓰이는 용어와 기본 내용이 실생활 속 부동산과 밀접한 연관성이 있기 때문이다. 그래서 투자 목적이든 아니든 용어라도 제대로 알아두면 좋다.

우편함을 대충 훑어보니 공통으로 꽂혀있는 종이가 눈에 들어왔다. 우리 집 우편함에는 특별한 우편물이 보이지 않아 바로 승

강기로 이동했다. 승강기가 1층으로 내려오길 기다리는 짧은 시간 느낌이 좀 이상했다. 모든 우편함에서 나불거리고 있는 종이가 왠지 광고지가 아닌 것 같았다. 다시 우편함으로 갔다. 무슨 안내문인가 하고 버릴까 했지만, 그러기에는 낯선 용어들이 석연치 않았다. 다음 날 아시는 중개인에게 여쭤보았다. 전세로 사용하고 있던 오피스텔이 경매에 넘어갔다고 알려주셨다.

'다른 세대들도 절망감에 빠져있겠지. 종이가 여전히 우편함에 있던 세대도 많던데, 그분들은 이 엄청난 소식을 아직도 모르겠지.'

머릿속이 멍했다. 경매의 'ㄱ'자도 모르는 내가 이 난국을 어떻게 헤쳐나가야 할지 막막했다. 그 당시 내가 아는 경매는 어두운 느낌이 강했다. 살던 집이 경매에 넘어가면 가족들이 길거리에 나앉게 되거나, 집안 곳곳에 빨간딱지가 붙게 되는 장면들이 떠올랐다. 평생 모르고 살면 좋을 단어라고 생각했다. 하지만, 오피스텔이 경매에 넘어가는 바람에 비자발적으로 경매 세계에 발을 들여놓게 되었다. 아무것도 모름에도 경매를 파고들어야 했던 이유는 딱 하나! 전세금 때문이었다. 얼마나 고생해서 모은 돈인데, 그것을 돌려받을 길이 막막하다는 사실에 암담했다.

누군가 낙찰을 받는다면, 낙찰자에게 전세보증금을 받고 나가면 된다. 바라는 시나리오였다. 1회 유찰, 2회 유찰, 3회 유찰…. 아무도 입찰을 하지 않았다. 매회 최저 가격으로 낙찰받아도 세입자의 전세금까지 물어주고 나면 결국 낙찰자의 매수 가격은 시세보다 훨씬 높아진다. 누가 그런 어리석은 선택을 하겠는가! 계속 유찰되면 어떻게 될까? 경매가 취소될 수도 있고, 나중에 다시 경매가 진행될 수도 있다. 그동안 오피스텔에서 나가라고 하는 사람도 없겠지만, 주인 없는 집에 살면서 전세금을 돌려받을 방법도 없다. 고민 끝에 결국 내가 낙찰을 받기로 했다. 소유권이라도 가져와야 마음이 편할 것 같았다.

전세금을 지키기 위해 열심히 공부한 덕에 자발적 경매로 바뀌었다. 낙찰받고 소유권을 가져온 후 매도하고 세금 신고까지. 모든 과정을 셀프로 진행하면서 많은 것을 배울 수 있었다. 경매를 통해 부동산 매수에서 매도 후 세금 신고까지 한 사이클을 제대로 경험했다. 고생한 만큼 마침표를 찍었을 때는 이제 좀 알겠다는 뿌듯함에 기분이 좋았다.

비록 비자발적으로 경매 세계에 입문했지만, 지금은 원하는 물건을 싸게 사기 위해 쇼핑처럼 즐긴다. 앞에서 말했듯이, 처음에는 까막눈이었다. 법원 우편물부터 읽기 위해 관련 용어들을 찾아보고 이해 안 가는 것이 있으면 책을 통해 알아보면서 하나씩 배웠다. 현재 나에게 전달된 내용이 무엇이며, 앞으로 준비해야 할 과정은 무엇인가까지 정리해놓고 다음 우편물을 기다렸다.

경매 진행 과정은 오래 걸린다. 그 시간에 내가 할 수 있는 최선은 경매 공부를 하는 것이었다. 경매 관련 책들을 알아보고 읽기 쉬운 기초 책 하나를 골라 개념 정리를 했다. 가끔은 서점에 가서 재미있어 보이는 경매 책들 위주로 넘치게 읽었다. 서서히 경매에 대한 부정적인 시선은 사라지고 경매의 장점들이 보이기 시작했다. 관점을 바꾸니 경매의 긍정적인 면을 읽을 수 있었다. 후에는 경매 스터디 팀에 합류해서 공부를 이어갔다. 책 한 권을 선택해서 함께 공부하며 경매에 대한 지식을 다져갔다. 검색한 물건도 함께 분석하고 임장도 다녔다. 실제로 입찰도 하면서 재미를 더해갔다. 한 번 공부해 둔 경매는 실생활에서 유용하게 쓰이니 독자 여러분도 관심을 가져보길 바란다.

3. 가계부 졸업

가정 경제가 가계부 없이 자동으로 돌아가는 시스템을 만들자. 가계부 쓰지 마세요! 라고 말하면 깜짝 놀란다. 의아해하는 사람들에게 가계부에서 졸업하는 방법을 알려주면 그 의미를 제대로 이해한다. 가계부는 자동 시스템을 만들기 전까지만 쓰면 된다. 시스템만 정착되면 가계부 없이도 가정 경제가 운영될 수 있다.

꼭 읽고 싶은 책이 없더라도 가끔 서점을 찾을 때가 있다. 분야별 신간 코너를 둘러보기 위함이다. 재테크 공부를 본격적으로 시작한 이후 경제 분야는 필수로 들렸다. 기록해가면서 읽어야 할 책 아니고는 그 자리에서 가볍게 읽고 끝내는 편인데, 『4개의 통장』이 그랬다. 이 책을 요긴하게 활용한 것은 가정을 꾸렸을 때였다.

책에 나온 내용을 그대로 따라 할 필요는 없다. 사람마다 역량도 다르고 각자 놓인 환경이 천차만별이므로 결과 또한 같을 수는 없기 때문이다. 제일 좋은 방법은 배우고자 하는 내용을 나에게 맞게, 가정환경에 적합하게 각색해보는 것이다. 나 역시도 4개의 통장을 읽고 4개의 통장을 만드는 것이 아니라, 가족 상황에 맞게 통장 분리를 했다.

가정을 이룬 후 가계부 쓰기에 예전보다 공을 더 들였다. 수입과 지출의 패턴을 파악하고 그에 맞는 통장 분리를 하기 위해서였다. 남편 급여로만 생활하는 목표를 세웠다. 남편 급여를 쪼개서 한 달 생활비는 물론이고 교육비, 여행 자금, 저축까지 가능하도록 설계했다. 팍팍한 살림에 처음 1~2년은 힘들었다. 단기간에 해결될 문제가 아니기에 시간의 힘에 기대기로 했다. 시간이 흐를수록 급여도 조금씩 올랐고, 가족의 적응력도 좋아졌다. 그 사이 가정 경제 시스템을 계속 다듬어갔다. 시스템에 맞춘 생활이 익숙해질 쯤 우리 가족에게 필요한 통장 분리가 완성되었다.

가계부 대신 생활비 통장과 비정기 통장 두 개로 분리했다. 남편 급여가 들어오면 고정비용과 생활비만 남겨놓고 남은 돈을 비정기 통장으로 보냈다. 생활비 통장에서 고정비용이 나가고 남은 금액으로 한 달 동안 생활했다. 생활비 통장이 0원이 될 쯤 다음 달 급여가 들어오는 시스템이다. 한 달 동안 생활하며 발생하는 예기치 못한 지출 즉, 경조사비, 행사비, 일 년에 한 번 내는 자동차세, 검사 비용 등은 비정기 통장에서 지출되도록 했다. 가계부를 쓰지 않아도 수입과 지출이 두 통장 안에서 알아서 운영되었다. 단순히 운영만 되는 것이 아니라 알뜰하고 합리적 소비를 위한 시스템이 만들어졌다. 시스템이 완성될 때까지만 진통을 겪을 뿐 정착되고 나면 자동으로 굴러가니 오히려 편해진다.

자동 시스템을 처음 만들 때 중점을 두어야 하는 부분은 최저 생활비 설정과 강제 저축 비율 높이기다. 여러분이 경제적 자유를 위한 목표를 세우고 도전할 계획이라면 반드시 거쳐야 하는 과정이다. 절약을 어려워하는 분들을 위해 유튜브 머니라밸 TV에 우리 가정 한 달 생활비를 영상으로 올려놓았다. 영상을 보고 자극받아 가계부 다이어트에 돌입한 분들이 많다. 투자를 위한 종잣돈 만들 수 있는 자원이 급여 소득밖에 없다면 높은 비율의

강제 저축은 필수다. 우리 집도 마찬가지였다. 남편 급여가 들어오면 목돈들이 각자의 목적에 맞게 이동한 후 최저 생활비만 통장에 남도록 했다. 설정해 놓은 생활비 안에서 한 달을 살아냈다. 힘들기보다는 경제적 자유라는 목표가 있었기에 즐기면서 했다. 그 과정을 충실히 이행한 덕에 지금은 근검절약과 합리적 소비가 몸에 완전히 배었다. 감사하게도 좋은 습관 하나가 나에게 정착된 셈이다. 통장 분리를 통해서 만든 시스템 덕분에 가계부는 졸업하고 그 에너지로 가정 재무제표를 쓰고 있다. 그 결과 자산이 무럭무럭 자라게 되었다.

4. 주식아 놀자

 부동산도 좋지만, 주식투자도 포트폴리오 넣어보자. 은행은 더 이상 돈을 맡기러 가는 곳이 아니다. 과거에 금리가 높을 때는 은행에서 종잣돈을 만들 수 있었지만, 지금은 아니다. 그 대안으로 증권사의 적립식 펀드와 ELS를 활용해 종잣돈 만들기를 권한다. 그러다 보면 자연스럽게 주식에도 관심을 가지게 되고 새로운 자산 포트폴리오를 구상할 수 있게 된다.

 아르바이트 돈을 받거나 월급이 들어오면 꼬박꼬박 적금을 넣었다. 만기 된 적금을 해지하면 작은 목돈이 생긴다. 그 돈을 바로 예금 상품에 넣었다. 아르바이트를 하나 더 하게 되면 적금을 추가했다. 이처럼 적금과 예금은 종잣돈을 모으는 동안 내가 할 수 있는 유일한 방법이었다. 재테크를 전혀 모르기도 했고, 투자에 있어 워낙 보수적이다 보니 안전이 우선이었다. 원금 손실은 상상도 할 수 없기에 안전한 은행에만 돈을 맡겼다. 하지만, 새로 적금을 들어갈 때마다 이율이 낮아졌다. 올해 한 번만 더 넣자. 한 번만 더 넣자! 하면서 몇 해를 은행에 머무르다 보니 어느덧 금리가 놀라운 수준까지 내려가 있었다. 더 이상 은행에 머무르면 안 되겠다는 생각이 절로 들었다.

하루는 경제 기사를 읽는데 이해가 안 되는 부분이 많았다. 답답해서 해당 부분을 오려 그 기사를 쓴 증권사를 방문했다. 이렇게 증권사와 인연이 되었다. 원금 손실의 두려움이 컸기 때문에 금융 상품의 장점을 충분히 이해하고도 살짝 발을 넣는 시늉만 했다. 첫 상품의 성장 흐름을 지켜보면서 증권 상품들에 본격적으로 관심을 가졌다. 즐겨찾는 곳이 은행에서 증권가로 바뀌었다. 적금과 예금밖에 몰랐던 내가 은행과 완전히 이별하고 증권가의 펀드와 ELS로 투자 씨앗을 모르고 불려갔다.

공모주를 하면서 주식에도 자연스럽게 관심이 갔다. 주식에 대한 처음 느낌은 무서움이었다. 하루에 몇십만 원 수익이 나는 것을 경험하고 느낀 감정이다. 그 당시 월급쟁이였던 나에게는 그 금액은 크게 느껴졌고, 사람들이 이 맛에 주식에 빠져들겠구나 싶었다. 수익 났으니 망정이지 만약 반대 상황이었다면 어땠을까? 당장 눈앞에 놓인 손실이 신경 쓰여 아무것도 못했을 게 뻔하다. 어떻게든 손실을 만회하려고 물타기를 하든, 다시는 주식을 안 하다고 손 뗐을지도 모른다.

몇 번의 매수, 매도 경험을 한 후 주식을 제대로 공부해보고 싶었다. 그 마음은 나를 다시 서점으로 이끌었다. 주식과 금융 책이 진열된 도서대로 가서 쭉 살펴보면서 눈에 들어오는 책을 골랐다. 가볍게 넘겨보고 초보가 공부하기에 적합한 책을 찾았다. 그렇게 선택된 책을 가지고 와서 경매할 때와 마찬가지로 노트에 적어가면서 공부했다. 하다가 나랑 안 맞거나, 내용이 어렵다 싶으면 다시 새로운 초보 책을 찾아 들었다. 초보자용 책을 다양하게 접할 수 있는 서점의 장점을 최대한 활용했다. 투자 마인드 정립에 도움되는 책은 소장하고 반복해서 읽었다.

주식에 발을 들여놓은 지 오래되었다. 초창기에는 선무당이 사람 잡는다고 잘못 사도 돈을 벌었다. 잘 모르고 해도 재미를 볼 때도 많았다. 주식하는 기간이 길어지다 보니 다양한 경험을 하게 되었다. 벌때는 작게 재미보고, 잃을 때는 왕창 손해를 봤다. '내가 사면 빠지고 내가 팔면 오르고' 대부분의 개미 투자들이 경험하는 명언이 나에게도 해당되었다. 제대로 준비되지 않은 상태에서 실행으로 옮기니 심리가 무너지는 일도 허다했다. 나랑 주식은 안 맞다 생각하고 접은 적도 있었다. 하지만, 자산관리학과 공부를 시작하면서 전환점을 맞이했다. 자본주의 시장에 살면서 주식을 모르고 산다는 것은 생각만으로도 답답했다. 딴 세상이라고 치부하고 나랑 관련 없다고 무관심으로 살기에는 금융공부가 재미있다.

오랜 시간 동안 여러 시행착오 끝에 이제는 안정적으로 주식 시장에 머물고 있다. 주식으로 대박을 내서가 아니라 평생 함께 갈 주식들과 동행하는 시스템을 만들어가고 있기 때문이다. 물론 금융 공부도 함께 하면서 진행하고 있다. 얼마 전에도 주문한 『레이달리오의 금융 위기 템플릿』이라는 3권의 책 중 한 권은 책상 위에 펼쳐져 있고, 두 권은 책장에 꽂혀서 내가 읽어주기를 기다리고 있다. 주식투자를 도와줄 수많은 책이 있다는 사실이 감사하다.

5. 수익 로봇을 만들자

    경제 자유와 시간 자유를 선물해줄 든든한 로봇을 만들어보자. 돈이 많다고 행복한 것은 아니지만, 행복한 삶을 위한 경제적 자유는 반드시 필요하다. 동행해줄 튼튼한 수익 로봇이 존재한다면 원하는 목표에 수월하게 도달할 수 있다. 수익 로봇이 벌어다주는 자본 소득 덕분에 유한한 시간을 원하는 곳에 마음껏 쓸 수 있다.

    단조로운 포트폴리오를 운영하고 있을 때 만난 책이 『마흔살의 행복한 부자아빠』였다. 그 전부터 현금 흐름을 위한 상가에 관심이 있었다. 여러 번 임장을 다녀보기는 했지만, 마음에 드는 물건을 찾지 못했다. 좀 괜찮다 싶은 물건은 가격이 너무 높아서 다음을 기약해야 했다. 인연이 될 만한 물건을 찾기가 쉽지 않았다. 중개소 문을 두드리다 시들해지고, 다시 관심이 커지면 열심히 임장 다니고를 반복했다. 그러면서 재미있는 사실을 하나 발견했다. 매번 갈 때마다 중개소 사장님들이 비슷한 말을 했다.

'좀만 빨리 오시지. 최근 몇 달 사이에 많이 올랐는데⋯. 작년에 어떻게든 매수를 했으면 좋았을텐데⋯.'

자동으로 후회를 하게 만들어준다. 사실 이런 말을 들으면 조바심이 생긴다. 복잡한 감정들이 쌓인 상태에서 위 책을 읽게 되었고, 이번에는 꼭 결실을 맺고 싶었다. 그러기 위해서 『마흔살의 행복한 부자아빠』 책을 책장에 꽂아놓지 않고 발길이 닿는 곳에 두었다. 목표를 늘 상기하고 싶은 마음이었다.

『마흔살의 행복한 부자아빠』 책을 통해 완전히 내 것으로 만든 두 가지가 있다. 첫 번째 실천에 옮긴 것은 돈과의 약속 선언서를 쓰는 것이었다. 재테크를 시작할 때 돈과의 약속 선언서를 쓰고 시작하는 게 좋다는 저자의 말에 공감되었다. 사람은 물질에 대한 욕망이 끝이 없기에 어느 정도 부를 갖게 되더라도 멈추지 못하는 사람이 많다. 목표를 설정하고 도전했던 부를 이루고 나면 그 부가 당연해지고 평범하게 느껴진다. 위에 있는 사람들과 비교하니 내가 이룬 자산이 작게 느껴지고 더 높은 부를 꿈꾸게 된다. 이 과정을 반복할 가능성이 크다. 문제는 삶이 유한하다는 데 있다. 한 번 사는 인생을 돈 벌고 자산을 불리는 데만 몰두하기에는 아깝다. 이 사실을 잘 알기에 돈과의 약속 선언서를 쓰고 시작했고 목표를 달성했을 때 멈춤을 선택했다.

두 번째 실천에 옮긴 것은 수익 로봇을 이용한 시스템을 만든 것이었다. 그전까지는 매일 나 대신 일하는 수익 로봇을 생각하지 못했다. 다시 포트폴리오를 수정하는 계기가 되었다. 수익형 부동산에 관심이 커졌다. 결과를 낼 때까지 책을 곁에 두고 살았다. 틈날 때마다 물건을 보러 다녔고, 드디어 마음에 드는 물건을 만났다. 수익형 부동산으로서 역할을 톡톡히 해줬다. 현금 흐름과 시세 차익 두 마리 토끼를 잡을 수 있는 괜찮은 물건이었다.

나 대신 일하는 수익 로봇이 늘어갈수록 자본 소득도 늘어갔다. 노동 소득이 아닌 자본 소득 크기가 커질수록 경제적 자유와 가까워진다. 자산이 엄청 많아서 경제적 자유를 누리는 것이 아니다. 돈은 본인이 행복하게 살아가는 데 필요한 만큼 있으면 된다. 만족하는 현재 삶을 죽을 때까지 유지하는데 자본 소득이 충분하다면 경제 활동은 선택 사항이다.

행복한 부자 아빠 책에도 언급된 내용이지만, 매달 벌어다 주는 수익 로봇 크기를 높게 설정할수록 자유는 늦게 찾아올 수밖에 없다. 돈과 삶의 균형을 챙기며 나에게 맞는 목표 설정이 중요하다. 이건 삶의 가치를 어디에 두느냐에 따라 달라지는 문제이기에 재테크 목표를 설정할 때는 인생 전반에 대한 계획을 세우는 마스터 플랜도 같이 짜보기를 권한다. 나와 가족이 행복한 삶을 누리는데 필요한 돈이 얼마인지 정확하게 진단하는 게 시작이다. 경제 독립을 이루고 나면 유한한 시간을 계속 돈 버는 일에 쓸 것인지, 가치를 두는 일에 쓸 것인지 선택할 수 있게 된다.

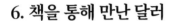

6. 책을 통해 만난 달러

위험 대비와 분산 투자를 위해 달러도 포트폴리오에 담아보자. 우연히 읽게 된 책을 통해 달러에 대한 인식이 바뀌었다. 늦은 감이 있었지만, 그때를 시작으로 달러 투자에 지속적으로 관심을 가졌다. 금리 좋은 달러 예금 상품에 가입도 해보고, 현재는 해외 주식 투자도 활발하게 하고 있다. 이자로 받은 달러를 여행 경비로 쓰는 재미가 쏠쏠했다. 수시로 배당금 입금을 통보해주는 카톡과 문자들도 반갑다.

2017년 폭풍 독서에 빠져있을 때였다. 도서관에서 가족 카드로 10권 이상의 책을 대출해오는 것이 주요 일과 중 하나였다.

이때 만난 책이 『부의 10년 법칙』이었다. 출간된 지 얼마 안 된 따끈따끈한 도서였다. 읽을까 말까 망설여졌다. 제목만 봐도 무슨 말을 하려는 건지 훤히 보이기 때문이다. 1998년 IMF, 2008년 서브프라임 사태, 그 후 10년이 지난 2018년 경제를 예상하면서 쓴 책이다. 한눈에 들어오는 표지 부연 설명과 목차만 살펴봐도 다 읽은 것 같았다. 내려놓으려다가 그냥 담았다. 처음 접하는 작가의 경제 분석 관점이 궁금했기 때문이다. 가볍게 읽을 수 있는 책인 듯해서 잘 읽히지 않는 책 중간에 편하게 읽을 대용으로 고른 맘도 있었다.

부동산 책은 부동산이 최고라고 하고, 주식 책은 주식이 최고라고 한다. 대부분 재테크 도서들이 그렇듯 이 책도 부동산의 단점을 부각하며 금융 투자를 강권했다. 위기 10년 주기설의 관점에서 부동산 발 빠른 대처를 하기에 부적합하다고 말한다. 다양한 금융 상품들로 분산 투자하면 리스크 헷지를 할 수 있다는 장점도 강조했다. 주식, ETF, ELS, 금, 달러 등이 소개됐다. 달러 빼고는 모두 공부를 해봤던 터라 편하게 읽었다. 달러 부분도 큰 기대 없이 가볍게 읽고 독서를 마무리할 예정이었다.

기억을 1998년으로 되돌려보았다. 온 국민을 힘들게 한 IMF가 제일 먼저 떠올랐다. 대학생이었던 우리가 겪은 어려움은 꽉 막힌 취업이었다. 회사의 부도, 가장의 실직, 파산 등의 실질적인 어려움은 언론을 통해 접했다. 오히려 훗날 책이나 영화를 통해 그 당시 어려움을 자세히 알게 되었다. 또, IMF를 생각하니 금 모으기가 생각났다. 어려움에 빠진 나라 경제를 살리고자 많은 국민들이 자발적으로 금 모으기를 했다는 뉴스가 기억이 난다. 금리가 하늘 높이 치솟고, 부동산 가격이 폭락했다는 뉴스도 많이 접했다. 이때 부동산을 산 사람들은 나중에 큰돈을 벌었다는 것도 나중에 알았다.

'이때 현금을 들고 있던 사람들은 폭락한 부동산을 싸게 살 기회를 잡았겠구나!'

이 생각까지는 들었는데, 한 번도 달러 생각을 해본 적이 없었다. 어떻게 그럴 수 있는지 책을 읽는 동안 스스로 어이가 없기도 했다. 사실, IMF가 터진 게 우리나라 외환보유고가 바닥나서 문제가 된 것임에도 왜 달러를 생각하지 못했을까!

지금이라도 포트폴리오에 달러 투자도 넣어야 함을 깨달았다.

당시 환율이 괜찮은 편이어서 달러를 수익 로봇으로 바로 데려왔다. 계속 환율에 관심을 가지며 기회가 될 때마다 사이즈를 키웠다. 때마침 외화 예금에 대한 이벤트가 있었는데, 원화 예금보다 이율이 높아서 마음에 들었다. 이자를 달러로 받으니 해외여행이 보너스처럼 느껴졌다.

2019년부터는 미국 주식도 포트폴리오에 담았다. 환율이 낮을 때 달러를 매입했기 때문에 환율이 오른 시점이지만, 미국 주식 사는 게 부담스럽지 않았다. 책을 통해 달러 투자를 시작했지만, 실전 경험을 하면서 더 자세히 알게 되었다. 2020년 후반 다시 환율이 저가 행진을 하고 있다. 틈틈이 달러를 늘려가고 있다. 기회가 왔을 때 달러를 환전해두고 정기적으로 미국 주식을 담고 있다. 덕분에 포트폴리오가 더 알차고 안정적으로 운영되고 있다.

< 제 5 장 >

삶의 주인으로 살게 해 준
거북이 독서

1. 최선의 의미를 가르쳐 준 책

힘든 시기에 만난 책 한 권이 삶에 주는 영향력은 생각보다 크다. 우리는 최선을 다했다, 노력해도 안 된다는 말을 쉽게 하지만, 최선이 아니었음을 깨우쳐주는 책을 종종 만난다. 고등학교 때 노력해도 성적이 안 나와 힘이 빠졌던 시기가 있었다. 강한 동기부여가 필요했던 그 시점에 만난 책이 있다. 여러 번 반복해서 읽으며 어려운 시기를 잘 이겨냈다.

초등학교 3학년 때부터 새벽에 하루를 시작했다. 더 자고 싶은 유혹을 물리치고 힘겹게 일어나 신발을 신고 부엌으로 갔다. 멍한 상태로 쌀을 씻고 밥을 올렸다. 그 사이 동생은 도시락 반찬

그릇을 일렬로 세워놓는다. 쭉 늘어서 있는 반찬통을 보며 오늘은 무슨 반찬을 담을지 고민했다. 학년이 올라갈수록 싸야 하는 도시락 개수가 늘어갔다. 고1이던 때가 절정이었다. 일곱개의 도시락을 싸놓고 학교 갈 준비를 해야만 했다. 방학이 되면 하루 세끼 밥을 차리고 치우는 일이 내 몫이었다. 점심때는 10명이 넘는 사람들의 밥상을 차려야 하니 3시간정도 부엌에서 살았다. 이때 한 요리 연습 덕분에 지금은 요리 잘한다는 소리를 듣고 살지만, 어린 시절에는 참 고달픈 삶이었다. 방학보다는 학교 가는 게 훨씬 좋았던 학창 시절이었다. 고등학생이 돼서 방학 때 보충 수업을 하는 게 어찌나 반갑던지.

육체노동 보다 나를 더 고통스럽게 했던 것은 정신적 핍박이었다. 감당 안 되는 우울한 환경에 마음이 무너졌다. 일기장은 눈물로 얼룩졌다. 사춘기를 겪으면서 버틸 힘이 바닥났고 모든 것을 포기하고 싶었다. 한없이 무너지게 놔두니 성적이 계속 곤두박질쳤다. 사춘기를 벗어나며 고2 겨울 방학에 전환점을 맞이했다. 처한 상황은 하나도 달라지지 않았지만, 인생을 포기하는 것도 만만치 않았다. 정신을 차리고 보니 추락한 성적이 먼저 눈에 들어왔다. 해야 할 것은 많은데 시간은 한정되어 있으니 조바심이 났다. 애타는 마음과 달리 잠이 많은 체질이라 계획대로 되지 않았다. 답답했지만 포기하고 싶지 않았다. 당장 큰 변화가 없더라도 나중에 결과로 말하자는 생각으로 최선을 다했다.

이 때 수시로 꺼내서 읽는 책 한 권이 있다. 현재 나의 노력은 노력 축에도 못 낀다고 느끼게 하는 책! 바로 『7막 7장』이다. 고2 영어 수업 시간에 선생님 소개로 알게 된 책인데, 신선한 자극을 받았다. 꿈을 향해 열정적으로 달려가고 고비를 맞이할 때마다 저자가 할 수 있는 최선으로 성장해가는 모습이 멋있었다. 미국으로 조기 유학을 가서 그곳에서 살아남기 위해 초인적인 노력을 하는 모습. 원하는 고등학교에 입학을 한 후에 목표 달성을 위해 유일하게 불이 켜진 화장실에서 밤새며 공부하는 모습에 반성이 되었다. 화장실에서 새로운 아침을 맞이한 것을 들키지 않기 위해 인기척 소리가 나면 자연스럽게 샤워하면서 공부했던 것을 머릿속으로 정리했다고 한다. 저자가 치열하게 노력하는 모습을 보며 독종이라는 말이 절로 떠올랐다. 어린 나이에 유학을 간만큼 향수병에 마음 고생한 이야기, 동양인이라고 차별받지 않기 위해, 이방인 취급을 당하지 않기 위해, 강한 자존심을 지키기 위해 애쓴 이야기를 읽고 있노라면 나는 정말 편하게 공부하고 있음에 반성이 되었다.

　얼마 전에 빛바랜 7막 7장 책을 꺼냈다. 시간이 많이 흘렀다는 것을 오천 원 책값이 말해주는 듯하다. 세월의 흔적이 느껴지는 책 표지를 보니 반복해서 읽으며 자신과의 싸움에서 지지 않으려고 무던히도 애썼던 고교 시절이 생각났다. 의지가 약해지려고 할 때, 노력해도 안 오르는 성적에 포기하고 싶어질 때 늘 펼쳤던 책이다.

　'이 책을 읽고도 정말 최선을 다했다고 말할 수 있니?'라고 나에게 묻곤 했었다. 심리적으로 힘들었던 고3 시절 마인드 관리에도 도움이 많이 되었다. 훗날 노력하는데도 성적이 안 올라서 상심한 상위권 아이들에게 이 책을 선물하며 응원을 보내곤 했다.

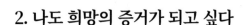

2. 나도 희망의 증거가 되고 싶다

한 사람의 삶이 담긴 자기 계발서를 통해 간접 경험을 하고 값진 가치를 얻을 수 있다. 어려움을 극복하고 일어서는 법, 나를 더 나은 보석으로 다듬어가는 법, 꿈을 이루어가는 과정 등 인생 선배들의 발자취를 통해 삶의 지혜를 내 것으로 만들 수 있다. 나 역시도 폭풍이 휘몰아치던 20대를 자기 계발서 덕분에 잘 이겨낼 수 있었다. 더 나아가 누군가에게 희망을 선물 받았듯이 나 또한 누군가에게 희망의 증거가 될 수 있었다.

대학생이 되면서 숨통이 트이는 것 같았다. 스무 살 이전의 기억은 머릿속에서 아예 지워버리고 새롭게 다시 시작해보고 싶었다. 그렇게 해서라도 나도 한 번쯤은 행복하고 싶었다. 스무 살이 되고 나서 삶의 색깔이 확실히 밝아졌다. 처음으로 살아있다는 느낌이 들었다. 감정을 인식하고 표현할 수 있고 마음을 살피는 시간도 누렸다. 스무 살 전에는 고달픈 운명에 순응하는 삶을 살아야 했다면, 대학생이 되면서부터는 조금이라도 삶을 주도적으로 살 수 있어 행복했다.

난생처음 삶의 주인으로 사는 법을 터득해가고 있었지만, 처한 환경이 바뀐 것은 없었다. 그저 '내 삶은 내가 책임져야 하는구나. 내 앞가림은 온전히 혼자 힘으로 해야하는구나'를 확인시켜주는 상황의 연속이었다. 인생의 황금기라고 하는 대학 생활이 끝나자 삶은 격동의 시기를 맞이했다. 도전과 실패의 반복으로 말로만 듣던 7전 8기가 뭔지를 경험했다. 넘어지고 일어서기를 수없이 반복하다 보니 그 당시 별명이 오뚝이였다. 사회가 던지는 펀치에 맷집을 길러갈 때 위로받고 용기 얻었던 책이 있었다. 그건 바로 서진규 작가의 『나는 희망의 증거가 되고 싶다』라는 책이다.

가발공장에서 시작해 하버드까지 삶을 끌어올린 서진규 작가의 삶은 많은 이들에게 용기와 희망을 주었다. 어려웠던 어린 시절, 미국에서 고생했던 이야기, 힘든 상황임에도 살기 위해 미국 군대에 입대해서 오늘날 작가의 모습을 만들어 낸 모든 과정이 나에게 큰 위로가 되었다. 현재 처한 어려움과 고통을 저자가 경험한 것과 동일시하며 나도 역경을 이겨낼 수 있을 거라는 희망을 꿈꿨다. 이렇게 만든 희망이 나를 버티고 무너지지 않게 해주었다. 이 책을 여러 번 읽으며 스스로 외우는 주문이 생겼다.

'어렵고 힘든 시기를 잘 버텨낸다면 나도 또 누군가의 희망의 증거가 될 수 있다.'

이 주문이 나로 하여금 삶을 포기하지 않게 해줬다.

20대 때 여성 CEO들 책 읽는 것을 좋아했다. 열정과 도전 정신이 가득했던 20대에 물 만난 물고기처럼 경영과 자기 계발서에 빠졌다. 끊임없이 도전하고 그녀들만의 성장 스토리를 만들어 가는 모습은 큰 동기부여가 되었다. 삶에 활력소를 선물해준다고나 할까. 여성 1호 헤드헌터 삶을 담은 책, 김미경 강사의 책과 인터뷰 기사, 생활 가전으로 유명해진 한경희 대표 인터뷰 등은 밑줄 그으면서 읽었다. 성공 스토리 뿐만 아니라 나를 다듬고 성장시키는 데 도움 되는 책도 관심 대상이었다. 우연히 알게 된 이

종선의 따뜻한 카리스마도 그런 느낌의 책이었다. 좋은 책을 읽고 나면 나누고 싶은 마음도 함께 생겼다. 성향이 비슷한 사람을 만나거나 같은 고민을 하는 친구를 보면 내가 읽었던 책들을 선물해주곤 했다. 좋은 에너지를 나누는 기쁨을 이때부터 즐겼던 것 같다.

30대 초 페인 모드로 서점 아지트 생활을 할 때 다시 한번 자기 계발서에 꽂혔다. 20대 중반에 끌렸던 책이 밝은 느낌이었다면, 30대 초에는 시련을 이겨내고 자신만의 인생 역전을 만들어 낸 이야기에 빠져들었다. 초라한 들러리에서 연봉 10억 골드미스가 된 유수연 작가의 『20대, 나만의 무대를 세워라』, 박형미 회장의 『벼랑 끝에 나를 세워라』라는 책을 서점에서 알게 되었을 때 목마른 갈증이 해소되는 느낌이었다. 자그마한 책 한 권이 '세상에 어려움과 시련 없이 성공하는 사람이 어디 있겠냐.'며 힘든 마음을 토닥토닥 위로해주고 용기를 주었다. 힘이 되어주는 책들 덕분에 삶을 포기하지 않고 어두운 긴 터널을 무사히 빠져나올 수 있었다.

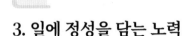

3. 일에 정성을 담는 노력

    나를 감동시키는 노력이 무엇인지를 책을 통해 배우고 삶에 반복해서 적용했다. 그 과정이 일의 능력을 무럭무럭 성장시켜주었다. 메가스터디 손주은 회장의 『고3 혁명』, 메가스터디 엠베스트 김성오 대표의 『육일약국 갑시다』라는 책들 덕분에 천직이라고 믿는 가르치는 일에 따뜻한 정성을 가득 담을 수 있었다. 정성을 다하는 최선의 삶이 무엇인지 두 분의 삶에서 배울 수 있었다. 그 배움 덕분에 나 역시도 일터에서 뜨거운 열정을 무한히 쏟아냈다.

    오전 근무를 끝내고 바로 과외 수업을 가야 했다. 점심을 김밥으로 해결하기 위해 분식집 앞에 차를 세웠다. 다시 차에 오르려는데 날씨가 기막히다. 따뜻한 햇살, 딱 좋은 기온, 기분 좋아서 올려다본 하늘은 시원하다. 주말이라는 사실도 들뜬 마음을 부채질했다.

'남들은 다들 놀러 가고 주말을 즐기는데, 나는 이게 뭐람!'
이 생각이 잠시 들었지만, 자연이 주는 감사함으로 그 기분을 누르고 생각을 바꿨다.

'나도 우리 아이들과 데이트 가는 길이잖아. 이쁜 아이들을 만나러 어서 가야겠다.'
서둘러 차에 올랐다. 신호가 걸리자 좀 전에 샀던 김밥을 꺼내 하나를 입에 넣었다. 기분에 맞게 댄스 음악도 틀었다. 마냥 기분 좋게 하는 날씨, 소풍을 연상시키는 김밥, 신나는 음악, 그리고 내가 좋아하는 운전. 마치 드라이브를 즐기며 나들이 가는 기분이다. 아이들과 데이트 하는 마음으로 가는 수업이라 주차를 하고 슈퍼에서 함께 먹을 과자도 몇 개 사서 올라갔다.

20, 30대 삶에 있어서 빼놓을 수 없는 주제 중 하나가 교육이

다. 다시 태어나도 또 하고픈 일이다. 그만큼 아이들을 가르치는 일은 나에게 천직이었다. 순수한 10대 아이들이 마냥 좋았고, 그들과 수학이라는 매개체로 소통할 수 있음이 감사했다. 교육이 전부였던 시기에 호기심 가득한 나의 눈에 들어온 인물이 있었다. 한 번도 수업을 들어본 적은 없지만, 사교육계에서 꽤 유명한 강사였다. 손사탐으로 유명해지기까지 걸어온 길을 읽는 데 재미있는 인생극장 한 편을 보는 것 같았다. 손사탐의 명성을 가진 주인공은 지금은 코스닥에 상장된 메가스터디 창립자 손주은 회장이다. 어떻게 손사탐으로 유명해졌는지, 메가스터디를 설립하게 된 배경, 고난과 역경을 이겨낸 손주은 회장의 인생 스토리는 열정 많았던 나의 20대를 더 뜨겁게 해주었다. 손사탐에 관련된 기사는 모조리 출력해서 읽고 스크랩할 정도였다. 열정적으로 아이들을 가르치는 이야기는 늘 내 가슴을 뛰게 했다.

책장에 꽂혀있던 손주은 회장의 『고3 혁명』이라는 책을 다시 꺼냈다. 나는 16년 동안 고3이었다는 문구에 시선이 멈췄다. 친숙한 글이었다. 마흔을 넘어오면서 나에게 은퇴를 선물했다. 한참 잘 나가던 때 했던 결정이라 주변에서 놀라워했다. 재능을 썩힌다는 생각에 아깝다는 반응이 제일 많았다. 이유를 궁금해하는 지인들에게 손주은 회장과 비슷한 말을 했다.

"고3을 가르치면 나 또한 고3 수험생 생활을 하게 되더라고. 보통 애들 맡으면 3~4년씩 가르치게 되고, 대학 가기 전까지 온통 그 아이 공부를 우선순위에 두다 보니 내 아이랑 가족여행으로 2박 3일 제주도 한 번을 못 가봤네. 나도 쉼이 필요하고 아이와도 더 많은 시간을 보내기 위해 자유롭게 살아보려고."

나는 16년 동안 고3이었다는 문구를 보니 내가 수업하는 동안 수험생 모드로 산 이유를 알 것 같았다. 손주은 회장의 인터뷰 내용, 기사들, 책을 반복해서 읽다보니 나도 모르게 닮아간 것 같다. 한 번은 재수생 수업을 맡은 적이 있는데, 재수 학원에 가기 전 수업을 하고 싶어 했다. 그래서 잡힌 수업 시간이 새벽 5시 반. 아침잠 많은 나에게는 절대 불가능한 시간이지만, 천직이라 여기는 수업이기에 가능했다. 학생 집 앞 자판기에서 한약처럼 보이는 쓴 블랙커피 한 잔을 마시고 들어가곤 했다. 또 한 녀석은 중하위권 학생이었는데, 수학뿐만 아니라 다른 과목도 심각했다. 시험 기간이 다가오자 공부하는 방법을 몰라 어디서부터 손대야 할지 난감해하며 징징댔다. 안 되겠다 싶어 그 아이 방에서 시험

기간동안 함께 날을 새며 공부를 도와준 적이 있다. 시간 관리가
잘 안 되는 녀석은 새는 시간을 잡아주기 위해 공부를 계속 시키
다 집에서 밥을 먹여 보내는 것도 자연스러운 일상이었다. 오랜
만에 고3 혁명이라는 책을 보니 아이들과 함께했던 추억이 떠올
랐다.

4. 나를 키운 책 속의 언니

책을 통해 만난 인생 멘토와 변함없이 동행할 수 있는 삶은 축복이다. 배울 점이 많은 사람이 넘치는 세상이다. 인연이 되어 만날 수 있다면 좋겠지만, 책으로도 얼마든지 도움받을 수 있다. 책을 통해 멘토들의 지혜를 배우며 삶을 성장시켜 나갈 수 있다. 나 역시도 책 덕분에 가슴 뛰는 삶을 살면서 30대를 보냈다. 멘토들에게 힘들 때 위로받고, 지칠 때 힘 나는 응원을 받으면서 말이다.

20~30대에 자기 계발서를 워낙 많이 읽은 터라 현재 나의 모습이 만들어지는데 영향력을 미친 사람들이 많다. 그들 중 유독

영향력 컸던 한 사람이 있다. 미혼 때부터 매료되었던 김미경 강사다. 처음 만난 책이 『꿈이 있는 아내는 늙지 않는다』였다. 나중에 결혼해서도 읽고, 생각날 때마다 꺼내 읽었다. 이 책의 메시지가 필요한 것 같은 지인들에게 선물도 많이 했다. 김미경 강사가 들려주는 재미있는 인생 이야기, 자기 경영 이야기, 성공 노하우 등 모든 것이 귀에 쏙쏙 들어왔다. 책, 방송, 기사, 강연 등을 통해 내 삶의 ceo로 살 수 있도록 이끌어주었다. 자연스럽게 나는 김미경 강사의 팬이 되었다.

여성 CEO로써 그녀의 삶이 꽤 멋져 보였다. 열정과 최선의 노력을 통해 무에서 유를 하나씩 창출해가는 이야기가 큰 동기부여가 되었다. 집에서 피아노 레슨으로 시작해 대형 피아노 학원으로 키운 성공 스토리, 강사라는 직업에 도전하고 국민 강사가 되기까지 피나는 노력을 했던 이야기, 새로운 도전을 끊임없이 시도하는 열정, 좋은 가치를 나누는 모습까지 그녀의 모든 것을 따라 하고 싶었다. 닮고 싶었다. 작은 신혼집에서 레슨을 할 때도 음식 냄새가 나지 않도록 특별히 신경 쓴 이야기에서 작은 것일 수도 있지만 프로다운 모습을 엿볼 수 있었다. 수업 하나에도 정성을 다하고 소중하게 여기는 자세가 중요함을 그녀를 통해 깨달았다.

잘 되던 피아노 학원을 과감히 접고 강사라는 직업에 도전하는 모습에 과연 나라면 어땠을까? 물어보지 않을 수 없었다. 안정된 삶을 뒤로하고 새로운 도전을 한다는 게 말처럼 쉽지 않기 때문이다. 아무나 할 수 없는 용기 있는 도전이 있었기에 오늘날의 김미경 강사가 탄생하지 않았을까 싶다. 책을 통해, 방송을 통해 만나고 있는 국민 강사 김미경에게도 창피한 추억이 많은 초보 시절이 있었다는 게 새로운 도전을 꿈꾸는 젊은 청춘에게 시작할 용기를 주었다. 꿈을 향해 뜨거운 열정으로 노력한 모습은 우리도 피나는 노력을 하면 꿈을 이룰 수 있다는 희망을 안겨 주었다.

김미경 강사 쓴 책 한 권, 한 권이 모두 삶의 영양분이 되었다. 청중을 들었다 놨다 하는 그녀의 입담이 부러워서 김미경의 『아트스피치』, 『스토리건배사』을 여러 번 읽으면서 배우려고 했다. 『드림온』이라는 책을 읽으며 마음에 콕 박히는 단어가 있었다. 그것은 바로 드림워커. 이 단어에 꽂혀서 30대를 드림워커의 삶을 살았다. 가슴 뛰는 삶의 행복감이 뭔지를 느낄 수 있었다. 결혼 후 『꿈이 있는 아내는 늙지 않는다』를 다시 읽었다. 미혼 때 읽었을 때도 좋았지만, 기혼이 되니 더욱 공감하며 읽었다. 아내가 되고, 엄마가 되고, 전업주부가 되더라도 절대 자기 경영과 자기 계발에 소홀하지 않아야겠다고 다짐했다. 김미경 강사의 영향력 덕분에 결혼 후에도 끊임없이 나를 성장시키는 일에 관심을 가졌다.

약속 장소를 서점으로 잡았다. 책을 읽을 생각으로 일부러 몇 시간 빨리 갔다. 그때 만난 책이 새로 나온 신간 『언니의 독설』이었다. 재미있기도 하고 술술 넘어가게 글을 쓰는 작가 덕에 그 자리서 1권을 다 읽었다. 2권을 펼치려는 데 친구가 왔다. 자연스럽게 좀 전에 읽었던 책 이야기가 나왔다. 느낀 점만 잠깐 말하려고 했는데, 하다보니 책 줄거리를 친구에게 열정적으로 전달하고 있었다. 흥분해서 신나게 이야기 하던 내 모습이 생각난다. 재미있는 내용에 서로 웃기도 하고, 삶에 관한 이야기인지라 서로 공감하며 대화를 이어갔다. 마지막에 친구가 했던 말이 인상적이었다.

'나 언니의 독설 안 읽어도 되겠다. 방금 너 이야기 들으니 책 한 권 다 읽은 것 같아.'

누구나 삶의 내리막을 마주할 때가 있다. 김미경 강사도 예외는 아니었다. 그녀의 시련이 안타깝기도 했지만 잘 이겨낼 것이라는 믿음도 강했다. 나중에 나온 책들을 읽으며 그 믿음이 맞았음을 확인할 수 있었다. 『살아있는 뜨거움』, 『인생미답』은 성숙함과 삶의 지혜까지 더해져서 김미경 강사의 매력을 한층 더 높혀 줬다. 그녀의 책을 계속 읽을 수 있음이 얼마나 감사하던지… 그만큼 내 삶에 미치는 영향력이 컸던 작가이고 강사이다. 그녀가 금수저였거나, 엄친아였다면 나를 성장시키는 나침반으로 여기지 못했을 것이다. 흙수저였지만 열정 가득한 드림워커로 살면서 자신의 삶을 개척하고 꿈을 이뤄가는 모습이 그녀를 닮아가고 싶다는 마음이 절로 들게 했다. 그녀를 통해 나를 사랑하는 힘. 가슴을 뛰게 하는 꿈, 나를 지탱해주는 가족, 나를 성장시키는 평생 공부 등을 챙기며 사는 인생을 배웠다.

5. 미라클모닝

기분 좋은 아침을 맞이하고, 나를 이기면서 시작하는 하루로 삶의 주인이 되어보자. 나는 아침잠이 많지만 아이러니하게도 늘 미라클 모닝을 동경했다. 평생 갖고 싶은 습관 중 하나였다. 고요한 시간, 아무에게도 방해받지 않는 나만의 시간! 물론 이것은 늦은 밤도 가능하다. 하지만, 몸이 회복된 상태에서 맞이하는 고요한 나만의 시간은 새벽만 가능하다. 에너지가 방전된 상태인 밤에는 경험할 수 없는 사색의 심오함과 차오르는 충만함을 새벽에만 느낄 수 있다. 이 맛을 알기에 나는 새벽을 사랑한다. 미라클 모닝을 위한 노력을 계속할 수밖에 없는 이유이기도 하다.

"야! 너 뭐하고 있냐?"

엄마의 천둥같은 고함 소리에 깜짝 놀라 눈을 떴다. 작업복 차림의 엄마가 장화를 신은 채로 문 앞에 계셨다. 순간 멍했지만, 엄마의 모습을 보니 어떤 상황인지 파악이 되었다. 아침에 도시락만 싸면 단 몇 분이라도 더 자려고 애썼다. 그날도 다섯 개의 도시락을 싸놓고 학교 갈 준비를 하고 나니 10분 정도 여유가 있었다. 10분이라도 눈을 붙이려고 교복 입은 채 가방을 안고 잠이 들었다. 멍한 눈으로 시계를 보니 30분이 지나있었다. 시간이 인식되는 순간 '어머! 어떡해' 스쿨버스를 놓쳤다는 사실에, 지각했다는 사실에 눈물이 났다. 혼내는 엄마 목소리를 뒤로하고 허겁지겁 신발을 신고 나갔다.

수면 부족으로 잠에 취해 지내는 생활은 고등학생이 되어서도 변함없었다. 야간 자율학습을 끝내고 집에 오면 밤 11시가 다 되어간다. 도시락을 씻어놓고 숙제를 졸면서 하다가 잠들곤 했다. 다음 날 새벽에 일어나 동생과 함께 일곱 개의 도시락을 싸놓고 등교 준비를 했다. 그러다 보니 늘 아침밥 보다는 10분 단잠이 더 간절했다.

강제로라도 일찍 일어나기 위해 대학교 때 6시 타임 수영 강습을 등록했다. 강습에 참여하려면 최소한 5시 반에는 일어나야 했다. 강습 후에는 학교 어학원에서 8시 타임 영어 회화를 들었다. 두 가지 루틴을 잘 수행하고 9시 전공 수업에 들어가면 뿌듯한 마음으로 하루를 시작할 수 있었다. 아침 시간을 내가 원하는 일로 알차게 보낸 첫 시도였다. 그 후로도 계속 미라클 모닝에 도전했다, 무너졌다를 반복하며 30대를 맞이했다. 돌이켜보면 나는 딱 2가지에만 새벽 기상이 가능했다. 그건 바로 출근과 수업이었다. 직장은 일찍 출근해야 하는 곳이어서 의무감으로 새벽 기상이 가능했다. 개인 수업이 새벽 5시 아닌 4시에라도 잡히면 신기하게도 그 전에 일어났다.

30대 중반 육아를 하면서 다시 한번 미라클 모닝에 도전했다. 낮에는 육아하고 밤에는 일하느라 독서를 위해서는 새벽 시간을 확보할 수밖에 없었다. 바닥에서 안 떨어지는 몸을 힘겹게 일으켜 거실로 나왔다. 스트레칭으로 잠을 깨우고 책을 펼 때면 그나마 컨디션이 좋은 날이다. 가끔은 그대로 흔들의자에 머리를 기대고 앉아 책으로 얼굴을 덮고 10분 정도 눈을 더 감고 있으면서 서서히 잠을 깨기도 했다. 독서가 어려운 사람이고, 20년 넘게

야행성으로 살았던 내가 변화를 위해 아침 기상과 독서라는 두 가지 미션을 동시에 진행했다. 그때를 떠올려보면 육아하고 일하느라 참 버거운 시절이었음에도 그런 시도를 끊임없이 했다는 사실이 자랑스럽게 여겨지기도 한다.

할 엘로드의 미라클모닝 책이 나오기 전부터 이른 기상 습관이 좋은 이유를 알려주는 책을 섭렵하고 실천하기 위해 다양한 노력을 했다. 여러 책 중 김승호 회장님의 『생각의 비밀』이라는 책에서 언급된 메시지가 현실적으로 다가왔다. '6시를 두 번 만나기' 이것을 습관으로 만드는 것은 어렵지 않아 보였기 때문이다. 저녁 6시는 당연히 만나는 거니 이미 50%는 달성된 셈이다. 아침 6시는 나에게 부담 없는 시간이라 해낼 수 있을 것 같았다. 6시 두 번 만나기가 정착되면 30분 당겨서 5시 반도 도전해 볼 생각이다. 무리한 새벽 기상 시간을 따라하려고 애쓰기보다는 내 몸에 맞는 기상 시간을 정해서 도전해보는 것이 좋다. 미라클 모닝도 초점을 나에게 두는 것이 중요하다.

6. 현재 머무는 공간을 행복하게

미래가 아닌 현재 행복하고, 온전히 나로서 빛나게 도와주는 책을 만났다. 『여덟 단어』이다. 읽는 동안 앞으로 삶이 더 풍요로 워질 것 같은 확신이 들었다. 행복을 향해 달려가는 것이 아니라 내가 선 이 자리를 행복의 공간으로 전환 시키라는 저자의 마지 막 메시지가 꽤 오랜 시간 가슴에 남아 일상을 아름답게 해주고 있다.

읽을 도서 목록에 박웅현 작가의 『책은 도끼다』가 있었다. 도서 관에서 책을 찾아 작가에 대한 소개, 목차를 읽는 데 사고 싶어졌 다. 대출 기한에 맞춰서 급하게 읽고 싶지 않았고, 소장하면서 읽고 싶었다. 주문하려고 보니 『여덟단어』라는 책과 세트로 판매하고 있었다. 저자에 대한 궁금증과 기대감이 컸기에 세트로 주문했다. 『책은 도끼다』는 책을 읽고 싶어 주문했는데, 막상 두 권이 동시에 오니 무엇을 먼저 읽을지 고민이 되었다. 머리는 『책은 도끼다』를 읽으라고 하지만, 마음은 『여덟 단어』를 골랐다. 이유는 딱 하나, 두께가 얇아서였다. 이 책을 만날 때만 해도 평생 독서에 입문하던 시기였다. 거북이 독서와 독서의 불치병을 가진 나에게는 두꺼운 책, 어려운 책, 딱딱한 책 여전히 부담이었다.

단지 얇다는 이유로 먼저 펼친 『여덟단어』였는데 인생 책이 되었다. 자존, 본질, 고전, 견, 현재, 권위, 소통, 인생 등 8가지 주제에 대해 저자가 강의하듯 풀어가니 재미있게 술술 읽혔다. 또한 저자가 광고업에 종사하는 크리에이터이다 보니 문장 하나하나가 매력적이었다. 감탄사가 절로 나오고, 멈추고 생각하게 만드는 힘이 있었다. 필사하고 싶은 주옥같은 표현과 문장들이 책 전반에 걸쳐 가득했다. 읽는 동안에도 기분이 좋았는데, 마지막 책장을 덮은 후에는 마음이 평온했다.

다른 사람이 되려고 하지 말고 너 자신이 되라는 저자의 메시지가 묻혀있던 자존감에 잔잔한 파동을 일으켰다. 'Be Yourself' 1강 자존을 읽고 난 후 입가에서 계속 맴도는 문장이었다. 기준점을 바깥에 두면 남을 따라가기 바쁘다. 하지만, 내 안에 중심점을 찍고 별을 그려나가다 보면 나를 존중하는 법을 터득하고 탄탄한 자존감을 만들어갈 수 있을 것 같다. 1강을 읽은 후 타인의 시선에서 자유로워지는 연습을 좀 더 적극적으로 할 수 있었다. 덕분에 마음이 편안해지는 시간을 경험했다.

인생을 제대로 살고 싶으면 스펙 관리하지 말고 그 시간에 네 본질을 쌓으라는 2강의 메시지는 이미 실천하고 있는 독서와 글쓰기에 대한 확신을 더 강하게 해주었다. 독서를 통해 내면이 살찌고 있다. 지혜를 깨우치며 삶을 풍요롭게 만들어가고 있다. 마음의 평온을 불러올 뿐만 아니라 타인의 삶에도 선한 영향력을 미치는 글쓰기의 장점을 익히 맛본 나이기에 평생 함께하고 싶은 습관이다.

고가 가방은 단지 고가품일 뿐 진정한 명품은 클래식이라는 저자의 정의를 보니 역시 광고 크리에디터다웠다. 나는 명품보다 더 좋은 자유를 추구하기에 고가 가방에는 그다지 관심이 없다.

나를 더 나은 사람으로 만들어주는 가치있는 명품들로 내면을 채워 스스로 빛이 나게 하고 싶다. 그렇게 나이 들고 싶다! 생각하며 고전 부분을 읽어 내려갔다.

견에서는 여유를 갖는 지혜를 배웠다. 여행을 생활처럼, 생활을 여행처럼 해보라는 메시지는 일상에 활기를 불어넣었다. 생활 속에서 벌어지는 머리 아픈 일들을 한 걸음 물러서서 바라보게 해주었다. 저자가 말한 천천히 먹고, 천천히 걷고, 천천히 말하는 삶이 현재 내 생활과 거리가 멀다는 사실을 인지했다. 건강을 위해서도 천천히 먹는 게 좋은 줄 알면서도 잘못된 습관을 고치기 쉽지 않았다. 세상에 대한 호기심이 커서 해보고 싶은 것도 많고, 알찬 하루 보내는 것을 선호하는 스타일이다 보니 '천천히'라는 단어와 동떨어져 살았다. 깊이 들여다본 순간들이 모여 찬란한 삶을 만들어낼 것이라는 저자의 메시지가 어떤 느낌인지 알기에 '견'의 내공을 기르고 싶어졌다.

현재를 말하는 5강을 떠올리면 '개처럼 살자'가 생각난다. 개는 밥을 먹으면서 어제의 공놀이를 후회하지 않고 잠을 자면서 내일의 꼬리치기를 미리 걱정하지 않는다. sns상에서 나의 닉네임인 Carpe Diem (현재 이 순간에 충실하라는 뜻의 라틴어)과 같은 맥락이어서 더 와 닿았다. 현재 하는 일에 집중하는 정도가 아니라 그것만 생각하고, 그것에 최선을 다하는 태도. 어찌 보면 개처럼 사는 것이 잡다한 생각들로 복잡한 머릿속을 단순화시키고, 순간을 행복하게 보내는 방법이다. 동의되지 않는 권위에 굴복하지 말고 불합리한 권위에 복종하지 말자는 메시지를 담은 권위 부분도 공감하며 읽었다. 누구나 중요하게 생각하는 소통은 7강에 언급되었다. 소통을 위해서 상대방 마음을 움직이는 말의 힘을 길러야 한다는 메시지를 새겨들었다.

마지막 주제는 인생이었다. 자존, 본질, 고전, 견, 현재, 권위, 소통이라는 싱싱한 재료를 담는 아름다운 그릇으로 인생을 표현했다. 기막힌 표현에 감탄하지 않을 수 없었다. 책 대부분을 폭풍 공감하며 읽었고 내 것으로 만들고 싶은 부분도 많았다. 여러분도 꼭 읽어보길 권한다.

7. 나의 하루를 빛나게 해주는 두 가지

매일 아침 눈뜨자마자 말하는 멘트가 생겼다.

"선물 같은 오늘 하루를 건강하게 맞이할 수 있음에 감사합니다."

매일 새로운 하루를 맞이하는 것이 참으로 감사한 일이라고 생각했다. 여기에 코로나 시국을 경험하면서 매일 건강함이 감사함으로 추가되었다. 일회성 감사가 아닌 감사하는 태도를 몸에 체화시켜 평생 습관으로 만들고 있다. 덕분에 오늘 하루가 더욱 빛나게 되었고 평온한 마음 챙김에 도움이 되고 있다.

책을 읽을 때마다 적용할 것을 찾는 게 습관이 되었다. 간혹 책이 잘 안 읽혀서 책장 넘기기가 어려운 책이 있다. 나랑 안 맞는 책도 있다. 분명한 것은 이런 책도 끝까지 읽고 나면 최소한 하나 정도는 적용할 것을 찾을 수 있다. 덮을 정도는 아닌데 꾸역꾸역 읽었던 책이 있었다. 그 책에서 실천 습관으로 가져온 것은 매일 나의 하루를 빛나게 해주었던 것 한 가지를 기록하기였다. 처음 몇 주간은 새로 시작한 일이 우선순위여서 잘 실천되었다. 몇 주가 지나자 가끔 깜박하고 지나쳐서 이틀 치를 한꺼번에 쓰기도 했다.

매일이 항상 행복모드 일 수는 없다. 눈 씻고 찾아보면 그날 하루 행복했던 일 하나는 무조건 찾아낼 수 있겠지만, 우울한 날 마지못해 찾아내야 하는 게 옳은 건지 생각하게 되었다. 이 고민의 대안을 우연히 심정섭 선생님과 대화 속에서 찾았다. 행복했던 일을 적는 대신 1일 1선을 적기로 했다. 1일 1선 실천을 위해 선행을 늘 염두해두고 생활하게 되었다. 작은 거라도 1선을 매일 실천하려는 노력은 하루를 대하는 마음가짐을 다르게 해준다. 1일 1선을 쓰기 시작한 지 1년이 넘었다. 어제도 썼고 오늘도 쓸 예정인 1일 1선. 평생 습관으로 정착될 것 같다. 이것이 나의 하루를 빛나게 해주는 첫 번째이다.

　두 번째는 감사일기다. 강의를 통해, 감사일기를 쓴 사람의 인터뷰 기사를 통해, 감사에 관련된 책을 통해 감사일기를 쓰곤 했다. 다만 꾸준히 하기보다는 자극받은 시기에만 반짝하는 경향이 있다는 것이 문제였다. 그러다 2017년 봄 다시 한번 자기계발에 삶이 꿈틀거리기 시작했다. 폭풍 독서, 미라클 모닝, 감사일기, 운동 등을 중심으로 생활 루틴을 만들어갔다. 감사일기는 가끔 한두 번 빼먹기는 해도 나름 잘 유지해갔다. 에너지가 약해지려고 할 때는 감사 관련 책을 읽어보면 확실히 도움이 된다. 셀프 동기부여를 위해 책을 알아보던 중 새로운 제목이 눈에 들어왔다. 그렇게 읽게 된 책이 『감사하면 달라지는 것들』이었다. 특별히 큰 깨달음을 준 것은 아니지만, 감사일기 쓰는 습관을 계속 유지하게 도와주었다.

　평생 습관으로 굳혀가고 있는 감사일기 쓰기를 3가지에서 5가지로 늘렸다. 쓰다 보니 감사할 일이 더 많아져서 3가지로는 부족했다. 감사한 일을 쓰다 보니 감사한 일이 더 생기는 느낌이라고나 할까. 물론 감사일기를 쓴 이후에도 삶이 힘들고 고된 날도 있다. 마음속이 시끄러운 날도 있다. 속상해서 눈물 흘린 날이 왜 없겠는가. 분명히 있다. 중요한 것은 그런 날에도 감사한 점을 찾고 감사일기를 썼다는 것이다. 그랬더니 기운이 바뀜을 몇 번이나 경험했다. 부정의 기운이 걷히면서 긍정의 에너지가 흐르도록 하는 게 감사일기의 힘이었다. 감사일기 덕분에 불편하고 힘든 감정에서 벗어나 현재에 집중하는 상태를 만들면서 마음 챙김도 할 수 있었다.

'세상에는 좋은 것도 나쁜 것도 없고, 다만 생각이 그렇게 만들 뿐이다'

라는 햄릿의 말처럼 삶을 바라보는 관점의 변화를 긍정적으로 만들어주는 것이 감사일기의 힘이다.

8. 미니멀 라이프

비울수록 채워지는 느낌이 삶을 가볍고 자유롭게 해준다. 원하는 물건을 손에 넣으면 기분이 좋다. 간절히 원하는 것이었다면 행복 지수는 하늘을 찌른다. 문제는 이 감정이 생각보다 길지 않다는 점이다. 뿐만 아니라 본인이 애지중지하는 물건 때문에 생활의 제약을 받을 수도 있다. 항상 물질 소유량과 행복이 비례하지는 않는다.

새 물건에 대한 소유욕이 그다지 크지 않다. 가방, 휴대폰, 옷, 신발 모두 새것 보다 현재 나에게 익숙한 물건이 좋다. 편안한 가방을 만나면 맨날 그 가방만 메고 다닌다. 가방이 헤어져서 못 쓰게 되었을 때 새 가방을 알아봤다. 휴대폰도 사용 불가 상태가 아닌 이상 계속 사용했다. 새 휴대폰으로 교체하는 것보다 AS 받는 것을 선호했다. 비용도 비용이지만 새 휴대폰 기능을 다시 익히고 그것에 익숙해지기까지의 불편함이 싫었다. AS를 제일 많이 받은 것은 신발이었다. 기존 신발에 익숙해져 누리고 있는 발의 편안함을 포기할 수 없어서 신발 수선집을 자주 다녔다.

성인이 된 후 제일 좋아하는 물건이 자동차였다. 운전하는 것을 좋아하기도 했지만, 한 참 일할 때 나의 기동력을 도와준 자동차는 필수품이었다. 목표를 세우고 스스로 그것에 대한 선물을 계획할 때도 자동차를 선택했다. 달성한 연봉에 따른 보상을 고급차로 설정했다. 그랬던 내가 자동차에 대한 인식을 바꾸면서 고급차, 새 차에 대한 관심도 함께 사라졌다. 성공의 상징이었던 차, 재력을 나타내는 수단으로써 차는 더이상 선호하지 않게 되었다. 그저 차를 안전한 이동 수단으로만 활용하기로 했다. 가성비를 생각하면서부터는 새 차보다 새 차 같은 중고차를 선호했다.

쇼핑을 그렇게 좋아하지는 않는다. 그래서인지 나는 지름신이라는 단어가 매우 낯설다. 물론, 20대 중반 사회생활을 시작하고 안정적인 급여라는 것을 받으면서 소비를 즐겨본 적도 있다. 그 때는 사고 싶은 옷이 있으면 백화점으로 갔다. 한 달 동안 고생한 나에게 고가의 옷을 선물하기도 했다. 비싼 옷을 입는 즐거움이 생각보다 짧았다. 다음 달부터 손에 쥔 카드 명세서만이 내가 비싼 옷을 샀음을 할부 기간 내내 인식시켜줄 뿐이었다. 지금은 백화점을 거의 가지 않는다. 백화점을 생각하면 불편함 감정들이 먼저 든다. 항상 차들로 교통이 막히고 주차하는데 시간이 오래 걸린다. 시간이 너무 아깝다는 생각이 들었다. 창문 하나 없는 막힌 공간에서 오랜 시간 머무는 게 답답하게 느껴지기도 한다.

언제부터인가 백화점 쇼핑을 일절 하지 않다 보니 백화점은 낯선 공간이 되었다. 그런 백화점을 2년 전에 색다른 느낌으로 방문할 기회가 있었다. 『부자는 내가 정한다』의 저자 강연을 하기 위해서였다. 쇼핑을 위한 공간이 아닌 내가 원하는 일을 하는 공간으로 바뀌고 나니 백화점 방문이 좋았다. 강의가 있는 날은 백화점에 일찍 도착했다. 혼잡한 교통 시간을 피하기 위함이다. 일찍 도착하면 강의 준비를 마쳐놓고 책을 읽었다. 더이상 백화점은 나에게 쇼핑 장소가 아니다.

텅 빈 공간을 담고 있는 사진이 눈에 들어와서 관련 기사를 클릭했다. 책 소개 글이었다. 물건이 거의 없는데도 전혀 비어보이지 않은 게 신기했다. 묘한 현상에 대한 호기심으로 미니멀 라이프 책을 읽어보고 싶었다. 읽는 내내 가벼움이 느껴졌다. 나도 실천해보고 싶어졌다. 가족들의 참여를 자발적으로 유도하기 위해 관련 영상을 찾아 함께 보았다. 계속 늘어나는 짐 때문에 현재 사는 집이 좁다고 느끼는 현대인들의 모습이 그려졌다. 집이 좁아지고 있음을 느끼면서도 물건 사는 것을 멈추지 않기 때문에 결국에는 더 큰 집으로 이동하길 바라게 된다. 그 영상에 나온 멘트가 인상적이었다.

"사람을 위한 집인가, 짐을 위한 집인가?"

적어도 나는 짐을 위한 집에 살고 싶지 않다. 그러기 위해 두 가지를 실천 중이다. 첫 번째는 불필요한 물건을 수시로 버리는 습관이다. 두 번째는 꼭 필요한 물건 아니면 사지 않는 습관이다. 혼자 살았다면 우리 집은 며칠 만에 미니멀 라이프에 나오는 집처럼 됐을 것이다. 현실은 아이와 함께 하는 집이기에 그 상황을 고려해서 소소하게 진행하고 있다. 일주일에 한 번씩 대청소할 때마다 미니멀 라이프 놀이를 했다. 각자 안 쓰는 물건을 거실에 모으기. 놀이처럼 하다 보니 아이도 미니멀 라이프가 좋은 것으로 인식했다. 비울수록 채워지는 느낌. 텅빈 공간에서 느껴지는 여유로움. 평생 미니멀 라이프를 실천하고 싶은 이유다.

9. 행복한 유목민의 삶

자유로우면서 내공이 단단한 유목민의 삶, 즉 노마드 라이프를 내 것으로 만들어보자. 미니멀 라이프와 심플 라이프는 인생 스타일의 한 부분이라고 하면 노마드 라이프는 삶의 방향이라고 말할 수 있다. 노마드 라이프를 실천해보면 기대 이상으로 자유로운 삶을 누릴 수 있다. 노마드 라이프를 실천하며 쌓이는 내공들 덕분에 삶이 풍요로워진다.

마흔을 넘어서면 인생 후반에 대해 방향 설정할 기회가 찾아온다. 외부에 의해 이뤄지기도 하지만, 각자 내면에서 꿈틀거리는 제2의 사춘기를 겪으며 자발적으로 이루어지기도 한다. 강의나

코칭을 하면서 마흔 전후로 마음의 진통을 겪는 사람을 많이 만났다. 그들이 진통의 시기를 지혜롭게 살아내며 멋진 후반전을 살 수 있도록 돕는 것이 내가 하는 일이다. 혼란스러움이 정리되고 앞으로 걸어갈 길과 그에 따른 로드맵이 나오면 코칭받는 사람들의 얼굴이 밝아진다. 삶은 고비마다 성장통을 겪으며 더 나은 모습으로 발전해나가는 것 같다.

경제적 목표를 달성하고 멈춤을 선택함으로써 나에게 자유를 선물했다. 자유를 즐기면서 인생 후반을 고민했다. 더 많은 부를 추구할 수 있는 경제 활동보다 내가 머문 곳을 좀 더 살기 좋은 곳으로 만들 수 있는 일을 해보고 싶었다. 어떤 일을 할 수 있을지 찾아보는 시간이 나를 되돌아보는 과정이기도 했다. 인생 2막을 준비하면서 매개체가 되어준 것 중 하나가 독서였다. 폭풍 독서를 하다 보니 다방면의 도서를 만나는 축복을 누렸다. 다양한 주제의 책들은 삶을 다듬어감에 있어 좋은 지침들이 되어주었다. 미니멀 라이프는 물론이고 심플 라이프도 그랬다. 비우고 삶을 단순화 시키는 연습이 일상을 얼마나 평온하게 만들어주는지 경험해봐야 알 수가 있다. 버리면 버릴수록 가벼워진다. 나를 구속하려는 물건이 없으니 자유롭다. 심플한 일상도 마찬가지이다.

단순한 일상이 주는 여유 덕에 삶이 자유롭다. 나는 앞으로 바쁘게 살고 싶은 마음이 전혀 없다. 다만, 새로운 하루를 선물 받았기에 시간을 알차게 쓰고 싶을 뿐이다. 부지런하게 살되 바쁘지는 말자고 스스로 다짐한다.

우연히 『노마드 라이프』라는 책을 만났다. 미니멀 라이프, 심플 라이프는 들어봤는데, 이번에는 낯선 노마드 라이프다. 무슨 라이프가 이렇게 많아! 거부감으로 패스하려다가 제목에 대한 호기심으로 책을 집어 들었다. 목차를 보는데 읽어봐야겠다는 생각이 들었다. 책장이 후반을 넘어갈수록 안 읽었으면 어쩔 뻔했나 싶었다. 노마드라는 단어를 알게 된 것이 마냥 반가웠다. 기존에 알던 라이프들은 하나의 삶만을 추구한다면 노마드 라이프는 다방면으로 자기 계발을 하고 그걸 통합하는 융합적 사고를 안내한다. 어디에서나 살아갈 수 있는 힘을 기르는 것이 노마드 삶의 핵심이다. 저자는 노마드의 삶을 위해 독서, 글쓰기, SNS, 기획력, 전문 능력, 외국어, 인맥, 강연, 회복탄력성 등을 갖추라고 말한다. 책을 읽는 동안 자연스럽게 삶을 돌아보게 되었다. 독서, 글쓰기, SNS, 전문 능력, 회복탄력성 등 저자가 말한 내용 중 절반 이상은 실천하고 있다는 생각이 들어 자부심이 들었다. 좋아하고 잘할 수 있는 일로 역량을 키운 덕에 강요받지 않는 삶, 스스로 결정하고 선택하면서 주체적인 삶을 살아온 것도 노마드 삶의 기본 베이스였음을 알았다. 회복탄력성 부분에서도 격하게 공감하며 읽었다. 세상을 살아가는 것이 많은 경험을 통해 쓰러지지 않은 법을 배우는 과정이었다는 것을 나의 과거에서도 충분히 느꼈다. 회복 탄력성이 나에게도 있음이 한없이 감사하기도 했다. 작게나마 이미 노마드 라이프를 실천하고 있었기에 부족한 부분을 채우고 다듬어서 온전한 노마드 라이프의 삶을 살아보고 싶어졌다.

마지막에 한 번 더 나의 마음을 사로잡았던 내용은 걷기와 여행에 관한 이야기였다. 둘 다 내가 좋아하고 실천하고 있는 것들이었기에 무척 반가웠다. 걷기를 통해 자신을 만나는 시간은 내공을 다지는 데 좋은 역할을 하기에 노마드로 살아가길 원한다면 걷기를 생활 습관으로 만들어야 한다고 작가는 말한다. 내가 걷기를 실천하는 이유도, 주변 사람들에게 권하는 이유도 똑같기에 신기해하며 읽었다. 노마드에게 여행은 선택이 아니라 필수라는 말 때문에라도 평생 노마드 삶을 살고 싶어졌다. 좋아하는 여행을 하는 것도 노마드 삶의 필수 요소라니 일석이조의 느껌이었다. 정착민에게는 여행이 가끔 이벤트이겠지만, 노마드는 삶 자체가 여행이 아닐까 하는 생각도 들었다. 세상의 다양성을 만나는 데 여행만 한 것이 없다는 작가의 말도 공감하며, 여행은 언제나 돈의 문제가 아니고 용기의 문제라는 파울로 코엘료의 말을 명심하며 마지막 책장을 덮었다.

< 제 6 장 >

건강한 삶을 선물해 준
거북이 독서

1. 몸에 대한 예의

 운동은 내 몸에 대한 예의다. 건강을 잃으면 모든 것을 잃기에 운동은 선택이 아니고 필수임을 우리는 너무나도 잘 알고 있다. 하지만, 실천이 생각만큼 쉽지 않다. 작심 3일로 끝날 때가 많다. 꾸준함을 이어갈 수 있는 방법 중 하나는 수시로 건강 관련 도서를 가까이 하는 것이다. 이 작은 노력이 큰 효과를 선물해준다.

 일과 배움에 대한 열정도 많고 의욕이 넘치는 20대였지만 늘 체력이 문제였다. 자연스럽게 체력 기르기에 관심이 갔다. 성공한 사람들이 운동과 독서를 삶의 필수 요소로 꼽는 기사를 자주 보았다. 체력을 기르기 위해서라도, 자기 관리를 잘하기 위해서라도 운동은 평생 필수로 해야겠구나 싶었다. 호기심 많은 사람답게 다양한 운동을 접했다. 수영, 요가, 에어로빅, 재즈댄스, 스쿼시, 헬스, 마라톤까지 늘 운동은 해야 할 일에 포함되었다. 운동을 한 덕에 활기찬 생활은 할 수 있었으나 아쉽게도 체력이 늘었다는 느낌은 받지 못했다.

늦은 나이에 출산하다 보니 마이너스 체력으로 내려갔다. 혼자 육아하는 상황에서 운동을 다닌다는 것은 엄두가 안 났다. 집에서 할 수 있는 운동이나 걷기 운동에 관심을 가졌다. 걷기에 관한 책을 접하면서 걷기 운동의 장점과 효과에 대해서 새롭게 알게 되었다. 책에서 배운 걷기는 모든 운동의 기본이었다. 나이 먹을수록 하체 근력과 고관절 관리가 중요함도 독서를 통해 배웠다.

걷기 운동의 숨은 매력을 2018년에 경험할 기회가 있었다. 매일 만보 걷기 미션에 도전했다. 이때 미밴드라는 것도 처음 알았다. 1년간의 걷기 미션을 위해 미밴드를 바로 주문하고 팔목에 자랑스럽게 차고 다녔다. 일주일에 7만보 걷기를 달성하려고 무던히 애를 썼다. 날씨가 안 도와줘서 만보를 못 채운 날은 집 안에서 최대한 긴 동선을 만들어 걸어 다녔다. 만보 채우는 시간이 쌓이면서 서서히 걷기가 생활화되었다. 만보 걷기에서 얻어지는 기분 좋은 감정이 계속 걸을 수 있는 원동력이 되었다.

하루는 아이가 마음을 불편하게 했다. 그 시간이 길어지자 화가 났다. 아이에게 계속 화를 내느니 감정을 다스리고 오는 게 나을 것 같아 운동화를 신고 밖으로 나왔다. 아파트 단지를 무작정 돌았다. 5바퀴 정도 돌았을까…. 조금 전까지 뜨거웠던 화가 가라앉았다. 마음이 차분해지고 나니 자연스럽게 나와 대화를 시작했다.

'나는 왜 화가 난 걸까? 화가 난 진짜 이유가 무엇일까? 아이가 많이 잘못한 걸까?'

계속 이렇게 질문을 하다 보니 아무 일이 아니게 되었다.

'그게 그렇게 화낼 일이었니, 갑자기 화내는 엄마 때문에 아이가 당황했겠다.'

식으로 정리될 때가 많았다. 남편과의 다툼도 크게 다르지 않았다. 걷는 동안 상대방과 나의 다른 입장에 대해서 한 걸음 물러서서 생각해보게 되고, 다툼이나 충돌의 원인에 대해서도 좀 더 객관적으로 바라볼 수 있었다. 마음 평온은 걷는 시간이 주는 가장 큰 선물이었다. 걷는 동안 마음 힘듦이 자연 치유됨을 여러 번 경험했다. 좋은 시간을 몇 번 경험하고 나니, 아끼는 지인들에게 걷기를 적극 추천했다. 지인들 중에도 걷기를 통해 마음 평온을 경험한 이들이 늘어가고 있다.

우연히 만났는데 꽤 재미있게 읽은 책이 『마녀 체력』이었다. 제목에 호기심이 발동했다. 저질 체력이었다는 저자 이력이 궁금증을 증폭시켰다. 20대 때부터 저질 체력 때문에 늘 아쉬웠던 내가 아니던가. 운동장 한 바퀴 뛰는 것, 수영장 25m 1회전 하는 거, 자전거로 아파트 단지 한 바퀴 돌기 등 스텝 바이 스텝으로 노력해서 철인 3종까지 하게 되었다는 스토리는 꽤 희망적으로 들렸다. 저자처럼 마녀 체력은 못 만들더라도 한 계단부터 노력하면 나도 저질 체력은 벗어날 수 있을 것 같았다. 아파트 계단 오르기, 걷기, 홈트 등 꾸준한 실행을 결심하며 마지막 책장을 덮었다.

2. 건강을 위한 생채식

건강은 건강할 때 지켜야 한다. 건강은 나이에 상관없이 관심을 가지고 일상에서 챙겨야 한다. 건강을 잃고 치러야 하는 댓가가 건강을 지키기 위해 쓰는 수고보다 훨씬 크다. 삶의 질도 현저히 낮아져서 건강할 때를 그리워하게 된다.

임신 기간 건강에 좋은 음식들 위주로 먹으려고 애썼다. 건강한 아이 출산을 위해 햄버거 같은 인스턴트 식품을 거의 안 먹었다. 그 좋아하던 커피도 뚝 끊었다. 그럼에도 임신으로 인해 체질이 변해서 그런지 트러블이 종종 생겼다. 임신 기간이라 항생제를 쓸 수 없으니 치료 기간이 길었다. 최대한 순한 약으로 치료하느라 안과와 피부과를 오랫동안 다녔다. 출산 후에는 말끔히 사라진 증상들이었는데 신기하게도 임신 기간에만 반짝 나타나 괴롭혔다.

출산 후 회복이 느렸다. 회복된 후에도 육아하느라 늘 피곤한 상태였다. 하루는 머리가 너무 어지러워 일어날 수 없었다. 눈을 감고 있다 나도 모르게 잠이 들었다. 아이 우는 소리에 눈을 떴다. 평소 같으면 바로 일어났을 텐데 그날은 몸이 말을 듣지 않았다. 잘 놀던 아이가 왜 울지? 싶어 시계를 보니 우유 먹을 시간이 한참 지났다. 배가 많이 고팠겠구나…. 몸살과 두통이 심해 일어나기 힘들었다. 우유를 타러 주방으로 기어가는데 순간 머릿속에 스치는 생각이 있었다.

'엄마는 함부로 아프면 안 되겠구나. 의식을 차렸으니 망정이지 아이 울음소리도 못 듣고 정신을 잃고 있었다면 아이는 아빠가 퇴근하고 올 때까지 하루 종일 굶었겠구나.'

정신이 번쩍 들었다.

가정을 꾸리고 부모가 되면 혼자만의 몸이 아니라는 생각이 들었다. 내 건강은 물론이고 혈압이 높은 남편 건강까지 챙기기 위해 식생활 습관을 서서히 바꾸었다. 지인의 추천으로 위에 좋다는 야채주스를 끓여 먹었다. 야채주스는 무청 4~5 줄기, 표고버섯 큰 거 1장, 우엉1/4, 무 1/4, 당근 1/2 재료로 만드는 물이다. 유리 냄비와 유리병만 사용해야 한다. 재료 준비와 만드는 과정에 정성이 많이 들어가는 건강물이다. 후에는 서재걸 박사를 통해 알게 된 해독주스를 오랜 기간 만들어 먹었다. 해독쥬스는 양배추, 토마토, 당근, 브로콜리를 10분 정도 끓이고 나중에 먹을 때 사과나 바나나하고 함께 갈아서 마시면 된다. 해독쥬스 또한 정성 없이는 유지하기 어려운 건강식이다. 몸에 좋은 것은 잘 챙겨 먹는 남편 도움이 있어 오랜 기간 유지할 수 있었다.

가족 행사나 특별한 날 빼고는 야식 먹는 습관을 일상에서 없앤 것도 잘한 일 중 하나이다. 아침에 일어났을 때 몸의 가벼움과 속의 편안함을 나이 들수록 확실히 느꼈다. 결혼과 동시에 식단에서 국을 없앤 것도 탁월한 선택이었다. 건강 관련 책을 읽은 후 염분 섭취를 줄이기 위해서였다. 국에다 밥 말아 먹는 것을 좋아하고 그렇게 먹어야 한 끼 든든하게 잘 먹은 것 같다고 느끼는 우리였기에 처음에는 어색했다. 과연 계속 실천할 수 있을지 의문이 들었지만, 국없이 먹는 식사가 늘어갈수록 차츰 익숙해져 갔

다. 몸에서 변화를 느끼니 더이상 과거로 돌아가고 싶은 생각이
안 들었다.

지인 블로그를 통해 건강 책 하나를 알게 되었다. 『비우고 낮추
면 반드시 낫는다』는 전홍준 박사의 책이었다. 평소 건강에 관심
이 많은 지인의 추천이기도 하고 제목이 마음에 들어 바로 사서
읽었다. 핵심은 생채식이었다. 야채고 곡물이고 가급적 생으로
섭취하는 게 건강에 이롭다는 것이다. 이 책을 읽은 덕에 가족 식
단에 또 한 번의 변화가 찾아왔다. 책에 언급된 것을 100% 실천
하는 것은 불가능하지만, 할 수 있는 것 위주로 실천해보기로 했
다. 싱싱한 생야채와 과일을 자주 먹는 방법을 택했다. 그때부터
식탁에 항상 샐러드를 올렸다. 엄마, 아빠가 샐러드를 엄청 맛있
게 먹으니 아이도 자연스럽게 먹었다. 집에서 만든 양파 장아찌
도 어릴 때부터 잘 먹었다. 이런 환경 덕분인지 아이는 지금도 야
채와 친하다. 식탁에 올려진 파프리카를 오며 가며 간식처럼 먹
기도 한다. 생야채를 자주 먹으면서 우리 가족은 텃밭 운영도 시
작했다. 텃밭 덕분에 싱싱한 야채를 무한히 공급받고 있다. 텃밭
야채를 맛보면 시중에 파는 야채는 먹을 수가 없게 된다는 단점
이 있다. 매년 담그는 양파 장아찌도 텃밭에서 수확하는 것이어

서 그런지 먹을 때마다 건강해지는 느낌이다.

전홍준 박사님을 두 번 정도 뵌 적이 있다. 건강한 먹거리에 대한 이야기를 해주셨다. 이미 알고 실천하고 있는 내용도 많았지만, 한 번 더 인식시켜주니 건강한 식단을 유지하는 데 도움이 되었다. 지금도 그때 말씀들이 생각나서 아이 간식을 챙길 때 가급적 인스턴트식품 보다 자연 음식을 차려주려고 노력한다.

3. 먹는 음식이 나를 만든다

소중한 몸에 소식하는 습관과 건강한 음식을 선물하자. 2018년 건강 관련해서 추천받은 책 세 권을 한꺼번에 읽었다. 『다이어트 불변의 법칙』, 『나는 질병없이 살기로 했다』, 『무엇을 먹을 것인가』 등이다. 첫 번째 책이 음식에 관한 책이라면 두 번째 책은 질병과 병원에 관한 책이다. 세 번째 책은 식품의 영양과 질병에 대해 구체적으로 기술되어 있는 책이다. 이 세 권의 책이 가족 식단과 건강 생활에 큰 영향을 미쳤다.

『다이어트 불변의 법칙』을 읽으면서 음식에 대해서 몰랐던 내용을 알게 되었다. 나중에 아이에게도 권하고 싶은 책이다. 키우는 동안 책에서 먹지 말라는 음식을 전혀 못 먹게 할 수는 없다. 오히려 그 스트레스가 더 클 수 있다. 엄마가 할 수 있는 최선은 최대한 집에서 건강한 식단을 차려주는 일이다. 『나는 질병 없이 살기로 했다』라는 책은 좋은 식단을 차리는 데 도움이 되었다. 병을 예방하기 위해 식단 관리와 독소 관리를 해야 한다고 주장한다. 병이 찾아왔을 때 병원과 독한 약에 의존하기보다는 식단과 독소 관리에 신경 써야 한다는 내용이 주를 이룬다. 본인이나 가족이 암 선고를 받았을 때 화학요법을 받겠느냐는 질문에 75%의 의사들이 '아니오'라고 대답했다는 사실이 충격이었다. 암 선고를 받은 사람들이 대부분 받는 치료 절차인데, 정작 그 절차를 진행하는 의사들은 거부한다니 믿기지 않았다.

　세 권을 통으로 읽고 나니 먹거리에 변화를 주지 않을 수 없었다. 일부 목축업자들이 소의 몸무게를 늘리기 위해 수백 kg의 시멘트 가루를 먹인다는 내용을 담은 보고서, 돈을 많이 벌려는 목적으로 돼지에게 성장 촉진제를 투여한다는 내용을 읽고 있노라면 정말이지 고기를 먹을 수 없을 것 같았다. 맛있게 먹은 고기들이 우리 몸속에서 심각한 독소를 일으킨다는 내용은 채식주의자가 되어야 하나 고민이 되었다. 미세 프라스틱, 방사능 위험등 바다 환경 오염도 심각하다는 것을 알기에 생선이나 해산물 섭취도 편하지 않았다. 식탁에서 쉽게 접하는 고기와 생선이 우리의 몸을 병들게 한다는 불편한 사실이 마음을 무겁게 했다. 다이어트 식단에서 빠지지 않고 등장하는 식품이 닭가슴살이다. 나 역시도 많이 이용했다. 하지만, 위 책들을 읽은 후 더이상 다이어트 식단에 닭가슴살을 올리지 않게 되었다. 단백질 하루 섭취 권장량보다 과잉 섭취하는 것이 건강에 해롭다는 사실을 알게 되니 편하게 먹을 수가 없었다.

　일반 먹거리들도 문제가 많았다. 주 에너지원인 탄수화물 섭취에도 큰 변화가 필요했다. 자연에서 나오는 유기농 고구마, 감자, 현미 등은 좋은 탄수화물이지만 우리 주변에는 공장에서 만들어지는 탄수화물이 훨씬 많다. 공장에서 만들어지는 빵, 과자, 국수, 라면 등은 탄수화물이 아니라 죽은 음식일 뿐이라고 저자는 강하게 표현했다. 다행히도 마흔을 넘어서는 면을 좋아함에도 라면이나 국수 등을 멀리하고 있다. 빵과 파스타 같은 음식은 포기가 안 돼서 먹고는 있지만, 장 볼 때 바구니 담지 않는 방법으로 자제하고 있다.

한 가지 더! 다양한 음식을 맛볼 수 있는 뷔페식당에 대한 경각심도 불러일으켰다. 여러 가지 음식을 맛볼 수 있어 입이 즐거운 대신 몸에는 그 음식들의 합성 작용으로 엄청난 독소가 쌓이게 된다는 것이다. 위험성을 알리기 위해 자세히 설명된 위의 책들을 읽다 보면 뷔페식당은 저절로 발을 끊게 된다. 시간이 흘러 경각심이 약해지기도 하고 사회활동 하면서 서서히 원래로 돌아가기도 한다. 하지만 위의 책들을 읽는 동안에는 고기와 생선 먹는 횟수를 파격적으로 줄이게 되고, 밀가루 음식은 쳐다보지도 않게 된다. 정기적으로 읽어줄 필요가 있는 책들이다.

예전부터 읽고 싶었던 백용학 소장의 『건강 독서 혁명』까지 이어서 읽고 나니 먹거리뿐만 아니라 병원 치료에 대해서도 진지하게 생각해보게 되었다. 큰 병에 걸렸을 때 화학요법 치료 여부도 고민해봐야 할 문제지만, 그 전에 면역력을 키우는 식단과 건강을 챙기는 운동으로 예방하는 노력이 몇 배는 더 중요하다. 노력의 예로 가족 외식은 특별한 이벤트로 가끔 하고 가급적 집밥 먹는 것을 생활화하고 있다. 공장 식품보다는 자연에서 나오는 건강한 재료로 요리를 하고 식탁을 차리려고 노력한다. 감기에 걸린 기억이 거의 없지만, 몸 컨디션이 좋지 않다 싶으면 몸의 신호에 귀 기울이며 쉬어준다. 평생 습관으로 만들고 싶은 홈트 운동 몇 가지를 일상 속에서 실천하며 건강을 챙기고 있다.

4. 진짜 휴식

몸보다도 뇌가 쉬어야 진짜 휴식이다. 명상에 관한 책 덕분에 잘 쉬는 것에도 관심이 확대되었다. 피곤하면 몸을 쉬어주는 것으로 해결했는데, 근본적인 해결책이 아니었음을 알게 되었다. 뇌가 쉬어야 진짜 휴식이라고 한다. 뇌를 쉬어주는 습관과 환경을 만들어 삶의 질을 높여 보자.

건강과 관련된 책을 읽다 보면 명상과 호흡에 관한 이야기를 쉽게 접할 수 있다. 미라클 모닝이나 마인드 컨트롤에 관한 자기계발서를 보더라도 명상은 빠지지 않고 언급된다. 현대인들에게 절대적으로 필요한 명상이 생각보다 쉽지 않다는 것을 실제로

해보면서 알게 되었다. 명상한다고 폼을 잡아 보지만, 머릿속에는 잡념이 끊임없이 생겼다. 짧은 시간을 하는데도 머릿속이 시끄러웠다. 이런 경험을 하면서 명상에 관한 관심이 더 커졌다.

마흔을 지나면서 피곤하다는 말을 입에 달고 살았다. 곰 한 마리를 등에 업고 지내는 느낌이었다. 아침에 눈을 떠도 전혀 개운하지 않았다. 물에 젖은 솜처럼 몸이 무겁다는 느낌을 자주 받았다. 낮잠을 자거나 며칠 쉬어주면 조금 나아지긴 했으나, 그때뿐이었다. 병원 상담도 받아보고 지인들에게 추천받은 방법을 실천해보는 무렵 눈에 띄는 책이 있었다. 『최고의 휴식』. 제목만으로도 당장 읽어봐야 할 책 같았다.

뇌는 가만히 있어도 지친다고 한다. 뇌의 피로를 풀어주기 위해서는 뇌에 맞는 휴식법이 필요하다는 메시지에 호기심이 커졌다. 몸이 쉬는 동안에도 뇌는 움직이고 있으니 뇌가 쉴 수 있도록 해줘야 하고, 충전이 아니라 쉽게 지치지 않는 뇌를 만드는 것이 중요함을 강조했다. 그 비법으로 마음 챙김 명상인 마인드풀니스를 소개했다. 이 책을 읽은 후 기상 후에 했던 명상을 필요하다고 느낄 때마다 수시로 하게 되었다. 한 가지 더 달라진 점이 있다면 순간에 집중하려고 의식적으로 더 노력하게 되었다. 평소 멀티가 됨을 뿌듯해했는데, 멀티를 계속 유지하는 것이 뇌에게 좋은 것이 아님을 알게 되었다. 지금 하는 일에 집중하는 노력이 필요함을 깨달았다.

 평일 아침! 도서관 서가를 쇼핑하듯 거닐다 시선이 멈춘 책이 있었다. 『쉬어도 피곤한 사람들』. 책 표지를 찬찬히 살펴보고 제목을 다시 보았다. 이 책은 너를 위한 책인 것 같아! 라고 속삭이는 듯했다. 무엇보다 내가 좋아하는 이시형 박사님의 책이어서 망설임 없이 책장을 넘겼다. 『최고의 휴식』 책 내용이 잊혀질 쯤 만난 책이라 더욱 반가웠다. 여기서도 쉽게 피로해지지 않는 뇌를 만들어주는 마인드풀니스 명상이 나왔다. 뇌의 피로가 풀려야 진짜 피로가 풀린다고 하는데, 나는 무작정 쉬어주거나 잠자는 것으로 해결하려고 했다. 이것은 반쪽짜리 휴식에 불과했다. 이러니 피로와 동거동락 할 수 밖에 없었음을 알게 되었다.

 이시형 박사님은 여든다섯의 연세에도 40대처럼 일하고 인생을 즐길 수 있는 비법으로 뇌 회복법을 강조했다. 마인드 훈련, 수면, 식사, 운동, 명상 등 박사님이 실천하고 있는 여러 가지 방법을 알려주셨다. 편안한 활동, 천천히 먹는 습관, 운동하는 습관, 10분 반신욕, 스트레칭 등 큰 노력을 필요로 하는 것이 아니기에 편하게 받아들여졌다. 읽는 내내 건강하게 나이들 것 같은 예감에 마음이 즐거웠다. 책을 읽은 후 좀 더 잘 쉬는 연습을 하고 있다. 특히, 몸이 쉬는 휴식 말고 뇌가 쉬는 휴식에 집중하고 있다. 명상도 다시 더 정성스럽게 하고, 쉬는 것도 제대로 쉬려고 방해꾼들을 차단하고 있다. 몸과 정신을 재충전해주는 잠 또한 숙면하려고 노력 중이다. 아직 과정 중이기는 하지만 몸이 예전보다 더 많이 편안해졌다. 가장 큰 변화는 일찍 자려고 노력하는 습관이다. 취침 시간이 늦어질 때면 11시 안에는 자라는 박사님의 메시지가 저절로 떠오른다.

『쉬어도 피곤한 사람들』 책 덕분에 이시형 박사님이 촌장으로 있는 힐리언스 선마을도 알게 되었다. 우리나라에 이런 멋진 쉼 공간이 있었다니⋯ 마인드, 공간, 음식, 프로그램까지. 완벽한 쉼터에 감탄했다. 노후를 이런 곳에서 보내면 좋겠다는 생각이 들었다. 힐리언스 선마을은 나중에 가족과도 다녀오고 싶고, 혼자 여행으로도 즐겨 찾고 싶은 곳으로 기록해두었다. 오래 사는 것보다 사는 날까지 건강하게 나이 들고 싶다는 생각이 강하다. 그 생각이 현실이 될 수 있도록 많은 노력을 한다. 요즘은 이시형 박사의 삶 또한 추가로 벤치마킹 하고 싶어졌다. 80대에도 변함없이 왕성한 활동을 할 수 있는 체력과 평온한 얼굴에서 느껴지는 건강한 마인드, 삶의 주인으로 인생 여행을 제대로 즐기는 모습들이 닮고 싶게 만든다.

< 제 7 장 >

거북이 독서도
행복한 인생을 만들 수 있다

1. 돈으로 살 수 없는 행복 씨앗

독서 습관을 통해 행복한 삶의 기반을 다질 수 있다. 속독으로 많이 읽는 것은 중요하지 않다. 어려운 책도 쉽게 읽는 능력이야 있으면 좋겠지만 없어도 괜찮다. 그저 내게 맞는 속도로 오랜 기간 꾸준히 읽어가는 게 중요하다. 이렇게만 해도 독서 습관이 주는 지혜와 평온이라는 두 가지 혜택을 얼마든지 누릴 수 있다.

마흔을 넘은 후에는 독서를 하면서 얼굴이 화끈거릴 때가 있다. 책이 대놓고 나에게 뭐라고 하는 것은 아니지만, 읽는 동안 자연스럽게 삶을 되돌아보게 한다. 열정적이었고, 젊음 그 자체가 좋았던 20대가 먼저 떠올랐다. 지금의 내가 20년 전의 나를 마주하다 보니 반가우면서도 쑥스러웠다. 독서를 할수록 서툴고 애 같은 20년 전의 모습이 잘 보였다. 고된 인생을 살아내느라 고생도 많이 했고 철도 빨리 들었지만 성숙한 인생은 아니었다. 보이는 것만 보는 어리석음, 단순한 사고, 다름을 인정하는데 서툰 모습. 그때 몰랐던 것들이 지금은 보였다. 생각과 내면이 어렸음을 인정하지 않을 수 없다. 전혀 의도하지 않았는데 어느 날 갑자기 만난 책들이 나를 그렇게 만들어 간다. 참으로 고마운 책들이다.

다방면의 책을 접하고 본깨적 독서를 하다 보면 사고가 저절로 부드러워진다. 읽는 것만으로 끝내지 않고 적용할 것들을 찾아 각색하고 실천한 결과이다. '말도 안 돼!' 식의 사고가 말랑말랑해져 '그렇게 생각할 수도 있겠구나'로 바뀌게 된다. 고지식한 사고방식으로 나이 들면 나중에는 다름을 더 인정하지 못하게 된다. 최악의 경우 타인의 생각을 전혀 들으려고 하지 않고, 무조건 나만 옳다고 주장하는 우를 범하기 쉽다. 그렇지 않기 위해서라도 사고 유연성 기르는 연습을 평생 해야겠다는 다짐이 독서를 하면서 저절로 들었다. 물론 독서를 하는 모든 사람이 다름을 잘 인정하는 것은 아니다. 다름을 인정하고 타인의 삶을 존중한다고 말로는 하면서 행동은 그렇지 못한 사람들도 보았다. 문제는 그것을 스스로가 느끼지 못하기 때문에 변할 가능성이 적다는 것이다. 그런 사람들을 보며 나도 그런 우를 범하고 있지 않은지 뒤돌아보게 되고 어리석지 않기 위해 더 노력하게 된다.

독서가 생활이 되다 보면 삶에 있어 겸손이라는 단어를 빼놓고 생각할 수가 없다. 얼마나 미완성의 사람인지, 울퉁불퉁한 원석이기에 얼마나 갈고 닦아야 스스로 빛나는 아름다운 보석이 될 수 있는지를 끊임없이 책이 알려준다. 이런 경험들 때문에 대형 서점의 무한한 책들, 도서관 서가에 빼곡히 들어선 있는 책들을 바라보고 있노라면 보물단지를 찾은 듯 기쁘다. 동시에 그것들이 나에게 줄 가르침에 차분해지기도 한다. 이제 막 삶의 성찰을 시작한 초보 학생이 된 것 같다. 훌륭한 책들 앞에서 긴장한 아이가 되지만, 독서를 통해 더 나은 어른이 되어가고, 더 깊이 있는 삶을 살 게 될 것이라는 기대감에 행복한 겁먹음이다.

거북이 독서일지라도 꾸준히 하다 보니 독서가 주는 행복을 누리며 살고 있다. 조용한 공간에서 혼자 독서를 하는데, 가슴이 벅차 마음속은 축제 분위기 일 때가 있다. 머릿속이 정화되는 느낌이 좋아서 행복 에너지가 넘쳐나기도 한다. 화장실에 가려고 일어났는데, 짧은 이동 시간에도 얼굴이 미소로 환할 때가 있다. 타인에게는 이상하게 보일지 모르지만, 마음이 환하게 웃고 있어서 겉으로도 나타나는 것이다. 책을 읽다 보면 깨달음이 강하게 남을 때가 있다. 깨달음이 주는 울림이 여운으로 남아서 늦은 오후 아이를 데리러 가는 발걸음이 날아갈 듯 가벼웠던 적도 많다. 가슴 벅참이 올라와 수시로 독서를 하는 나를 넘치게 칭찬해주고 싶어진다.

한 가지 더 누리는 독서 행복은 평온함이다. 삶을 좀 더 넓게 바라볼 수 있도록 해준 덕분에 감정 출렁임의 폭이 서서히 작아지게 되었다. 독서를 통해 마음을 담은 배의 크기를 단계마다 키운 결과이다. 배가 크면 클수록 파도의 출렁임을 거의 못 느낀다. 노년에는 삶을 바라보고 부대끼는 마음의 크기가 크루즈 배처럼 크게 되지 않을까 기대가 된다. 독서를 통해 일희일비하지 않는 법을 깨우쳐가며 나이 먹어가는 게 참 좋다.

2. 유연함이 주는 즐거움

옳고 그름이 아닌 다름을 경험하는 즐거움은 생각보다 값지다. 오랜 시간 독서를 통한 다름의 경험은 저절로 성찰하는 시간을 갖게 한다. 사람을 겸손하게 만들고 성숙하게 만들어준다. 한 발 더 나가 책을 중심으로 다른 사람의 생각을 공유하고 토론하는 시간은 사고의 유연성을 길러준다. 독서 토론은 다름을 경험하는 기분 좋은 시간이다.

거북이 독서를 하는 데다 독서 불치병까지 있다 보니 삶에 변화가 찾아오는 데는 오랜 시간이 걸렸다. 오래 못 읽고 짧게, 짧게 끊어 읽어야 하는 환경이지만 그래도 읽어야겠다고 마음을 먹으니 생활 반경 어디에든 책이 놓여있다. 재미를 주는 책, 호기심을 충족시켜주는 책은 다음 책을 고르게 하는 연결고리 정도였다. 지속하는 힘을 발휘하게 해주는 책은 따로 있었다. 그건 바로 깨달음을 주는 독서였다. 독서를 통해 성찰하는 시간을 갖고 지혜를 배우는 맛을 느끼고 나니 평생 독서가 하고 싶었다. 깨달음을 주는 독서량이 쌓이면서 삶의 깊이가 더 탄탄해져 감을 느꼈다. 감사한 인생을 살 수 있도록 지혜를 나눠주는 책들 덕분에 삶이 멋지게 다듬어지고 있다. 인생이라는 그릇이 넓어질수록 나이 들어가는 게 반갑다.

좋은 것은 계속 나누고 싶다. 뒤늦게 독서의 맛을 느끼고 나니 혼자만 싱글벙글 하기에는 아까웠다. 독서 즐거움을 더 많은 사람과 함께 누리고 싶어서 기회가 될 때마다 독서를 권장했다. 정규 강의를 할 때도 강의 이해를 돕기 위해 『부자는 내가 정한다』, 『생각의 비밀』 등을 읽고 참여하도록 안내했다. 정규 강의 후속 관리 개념으로 위드 미라클 모임을 진행할 때도 매달 두 권의 책과 함께했다. 부모 내공 기르기 모임인 경제 독립&교육 독립은 매회 마다 필독서와 선택 도서를 중심으로 운영된다. 5회 프로그램을 마치고 나면 참여자들은 10권~20권의 책을 읽게 된다. 격주로 운영해서 10주 동안 좋은 책들을 매개체로 하브루타 토론도 한다. 그 결과 과정 시작할 때와 끝날 때 참여자들 내면 변화가 상당히 큼을 가까이서 지켜보았다. 과정을 몇 번 반복하다 보니 사람들이 독서와 토론을 통해 성장하는 삶을 살 수 있도록 도와주면 좋겠다는 생각이 더 커졌다.

꼭두새벽에 돌잔치를 했다. 2019년 4월에 만들어진 새벽 나비가 돌잔치의 주인공이다. 김이 모락모락 나는 떡을 먹으며 그날도 변함없이 독서 토론으로 주말 아침을 열었다. 돌잔치를 준비하며 지난 시간을 되돌아봤다. 아이 돌잔치를 준비하며 1년의 육아 과정을 돌아보던 것처럼 말이다. 부모들이 일과 육아에서 그나마 자유로울 수 있는 주말 새벽을 독서토론 시간으로 정했다. 1년 동안 한 달에 두 번씩 깜깜한 새벽 도로를 달렸다. 일어날 때 잠깐 힘들 뿐 막상 시동을 걸고 운전하다 보면 새벽 시간에 깨어 있음이 감사하고 에너지가 샘솟기 시작한다.

같은 책을 읽지만, 생각과 느낌이 그 자리에 모인 사람 수만큼이나 다양했다. 각자 마음에 울림을 주는 부분도 다르고, 삶에 적용하는 빛깔도 다채로웠다. 가끔은 눈물이 함께 할 때가 있는데 눈물을 흘리는 사람도, 흘리게 만드는 책도 매번 달랐다. 이야기를 나누는 과정에서 자연스럽게 치유를 경험하기도 한다. 하나의 책을 놓고 어쩌면 이토록 다양한 생각과 느낌이 공유될 수 있는지 가슴이 벅차다. 함께하는 분들의 서평을 듣고 있노라면 길지 않은 서평 속에 묻어나는 발표자의 삶이 느껴져 더 풍요롭게 다가온다. 독서 토론이 끝나고 집으로 돌아오는 길 싱글벙글 미소를 짓게 된다. 독서 토론을 하는 동안 에너지가 빵빵하게 충전되었는지 몸에 열정이 넘친다. 운전하며 돌아오는 길! 하늘로 날아갈 것 같다. 덕분에 새벽 나비가 있는 주말은 다른 때보다 더 힘차게 이후 일정들을 소화하게 된다.

새벽 나비 멤버들 모두 배울 점이 많은 멋진 보석들이다. 다양한 연령 만큼 직업도 다르고 성향도 다르다. 유일한 공통점이 있다면 에너지가 비슷하다는 것이다. 겸손은 기본이고 모두가 나누는 것을 좋아한다. 사랑이 가득한 사람들만 모인 곳이라고 해도 과언이 아니다. 2주에 한 번씩 만나는 나비들과 함께하는 새벽 독토는 다음 2주를 더 멋지게 살아갈 수 있는 비타민을 충전해준다. 새로운 달이 시작되면 새벽 독토 날짜부터 체크한다. 그만큼 내 일정에 있어 우선순위가 높은 일이다. 힐링하는 시간을 선물해주는 새벽 독토. 서서히 발전하며 빛나는 날개 짓을 하는 나비들과 함께 성장할 앞으로가 기대된다.

3. 느리지만 계속 성장하는 거북이

아무리 느린 거북이도 멈추지 않는 한 앞으로 나아갈 수 있다. 마음만 먹으면 하루에 한 권 가볍게 읽어낼 수 있는 사람도 있지만, 마음과 달리 진도가 느린 사람도 있다. 중요한 것은 독서가 빠른 토끼나 독서가 느린 거북이나 모두 성장할 수 있다는 사실이다. 느리더라도 포기하지 않고 꾸준히 읽는 노력을 해야하는 이유다.

재미있는 책을 발견하면 펼친 자리에서 끝을 보고 싶다. 좋은 책을 발견하면 내용 전체를 그대로 흡수하고 싶어진다. 책 내용이 궁금해서 얼른 읽고 싶은 마음이 굴뚝같다. 하지만 현실은 정반대다. 1장에서도 언급했지만, 독서 불치병이 있다 보니 책을 길게 읽을 수가 없다. 여러 번에 거쳐 끊어 읽기를 해야 한다. 처음에는 이런 상황이 속 터졌지만 인정하고 받아들이니 예전만큼 애타지는 않는다. 더디게 도달하기는 해도 책의 마지막 장을 덮고 나면 뿌듯하다. 토끼든 거북이든 정상에 올랐을 때의 희열은 똑같이 느낄 수 있다는 사실이 독서를 멈추지 않게 하는 원동력인 것 같다. 오래 걸렸을 뿐 책이 주는 기쁨, 생활 독서가 주는 선물은 풍족하게 받고 있으니 거북이 독서여도 괜찮다는 생각이 든다. 거북이 독서임에도 평생 독서를 꿈꿀 수 있다는 자체만으로 감사하다.

거북이 독서여도 멈추지 않고 오랜 시간 꾸준히 한 덕분에 많은 책을 만났다. 오랜 시간을 독서와 함께 한 만큼 읽은 양도 많고, 읽은 분야도 다양했다. 경제, 자기 계발, 독서, 교육, 육아, 운동, 요리, 글쓰기, 에세이, 인문학, 건강 등 고마운 책들 덕분에 원 없이 호기심을 충족하고 있다. 한 분야를 선택하면 세부 분야로 다양한 가지를 친다. 예를 들어 건강 분야에 관심을 갖다 보면 올바른 걷기에 관한 책, 건강한 먹거리에 관한 책, 건강한 라이프에 관한 책, 명상과 뇌에 관한 책 등 가리지 않고 읽게 된다. 다양한 줄기들을 탐험하듯 따라가며 읽다 보니 어느덧 삶이 독서로 채워지고 다듬어져 있다. 결실이 주는 기쁨은 경험해 본 자만이 알 수 있는 행복한 맛이다.

가끔 책을 읽다 보면 궁금증이 생길 때가 있다. 책의 내용이 좋거나 깊은 울림을 받아서 작가에 대해 관심이 갈 때가 있다. 이럴 때면 작가와 만나서 이야기를 나눠보고 싶어진다. 그 마음이 약하면 생각만 하고 말지만, 강하게 일어날 때는 저자를 만나러 간다. 저자를 만나기 위해 새벽 기차를 타고, 심야 고속버스를 타는 시간이 나는 설레고 좋다. 사인받을 저자의 책을 챙겨서 사람 여행 떠나는 발걸음이 소풍가듯 마냥 신난다. 책을 사이에 두고 나눌 주옥같은 이야기들, 더 나은 삶으로 만들어 가는 성장 대화들이 기대되기 때문이다. 값진 만남을 뒤로 하고 집으로 돌아오는 길 저자 친필 사인이 들어간 책을 소중한 보물 다루듯 챙긴다. 영양분 가득한 추억으로 마음 부자가 된 기분이다.

거북이 독서임에도 꾸준한 독서를 통해 받은 선물이 하나 더 있다. 그건 바로 평생 독서와 짝꿍인 평생 글쓰기이다. 독서를 통해 멈추었던 글쓰기를 다시 시작하게 되었다. 관련 책과 친하게 지내니 현재는 글 쓰는 삶을 살게 되었다. 작가의 삶을 살 수 있게 된 배경에 오랜 시간 해왔던 독서의 영향이 가장 컸음을 인정하지 않을 수 없다. 그렇다 보니 독서와 글쓰기를 떼어놓고 생각할 수 없다. 초고를 쓰는 기간에는 매일 3시간 가까이 노트북 화면의 하얀 종이를 글로 채우고 있지만, 그렇지 않을 때는 매일 30분 이상 글쓰는 습관을 들이려고 노력한다. 평생 독서와 평생 글쓰기를 세트로 습관화하는 중이다.

비록 거북이 독서일지라도, 독서 불치병이 있을지라도 책을 읽을 수 있는 자체가 한없이 감사하다. 아마도 책을 통해 받은 선물이 넘쳐나서 그럴 것이다. 책을 읽고 한 가지라도 실천으로 옮기다 보면 그 작은 실천들이 모여서 나를 외적으로 내적으로 성장하게 만든다. 나를 다듬어가는 과정 안에서 가슴 벅찬 순간을 맞이하기도 한다. 그 맛을 알기에 나의 가방에, 조수석에, 식탁 의자에, 침대 머리맡에 늘 책이 놓여있다. 책을 통해 가슴 뛰는 삶을 살 수 있다는 사실이 축복이라는 생각이 든다. 책을 통해 성장하는 삶은 언제나 풍요롭고 즐겁다는 것을 나이 먹으면서 깨달아가고 있다. 지금도 거북이 독서로 여전히 성장 중이다.

마치는 글

지금 당장 옆에 있는 책이라도 펼쳐보고 싶은가?

지금 당장 서점이나 도서관으로 달려가고 싶은가?

지금 당장 플래너에 독서 습관을 계획하고 싶어지는가?

책과 담쌓고 지내던 독자가 위 세 가지 질문 중 단 하나라도 예스라는 답이 나오면 좋겠다. 실천까지 바로 한다면 더없이 좋겠지만 그건 독자의 몫이니 숙제로 남기려고 한다. 읽고 실천하는 과정을 통해 독자의 삶에 변화가 찾아온다면 내 일처럼 기쁠 것 같다. 내가 책을 읽고 단 하나라고 삶에 적용해보려고 노력했던 것처럼 독자들에게 이 책도 그런 존재이길 바란다. 독서하고 깨우치고 삶에 적용해서 나를 다듬어가는 여정에 동참하는 독자가 한 사람이라도 나온다면, 아니 더 욕심내서 그런 사람이 많아졌으면 좋겠다.

간혹 잊고 지낼 때가 있지만, 변함없이 지키고 싶은 책쓰기의
가치가 있다. 『내가 글을 쓰는 이유』의 저자 이은대 작가님이 강
조하는 내용이기도 하다.

"내가 성공하기 위해 글을 쓰지 말고 다른 사람의 인생을 위해
글을 쓰세요. 내가 폼나는 삶을 살기 위해 쓰지 말고, 누군가의
삶을 이롭게 하고, 그로 인해 내 삶도 함께 치유할 수 있는 글, 우
리는 그런 글을 써야 합니다."

독자들이 쓴 서평을 읽다 보면 이 문장 필사한 것을 종종 본다.
필사 후 독자가 적은 다음 한 줄이 나로 하여금 작가로서 보람을

느끼게 한다.

"적어도 이 책의 글쓴이는 내게 그런 글을 쓴 것 같다."

나중에 아이가 커서 엄마의 책을 읽을 시간이 올 것이다. 그때를 기대하며 진솔한 마음을 담았다. 『부자는 내가 정한다』를 통해서는 경제 자유, 경제 독립을 꼭 이루길 바라는 마음이다. 『머니라밸』을 통해서는 삶의 주인으로 살며 현재 행복하기라는 가치를 누리길 바라는 마음이다. 『거북이 독서 혁명』을 통해서는 지혜를 키워주는 스승, 평생 친구로 책과 함께 하길 바라는 마음이다. 또 한 명의 독자가 될 아이에게 전하고 싶은 삶의 가치들이다.

　지금까지 많은 독자와 수강생들을 만났다. 경제적 자유인의 삶으로 인도하기 위해, 돈과 삶의 균형을 실천할 수 있는 머니라밸로 안내하기 위해서였다. 앞으로도 강의와 코칭을 통해 더 많은 사람을 만날 계획이다. 책과 사이가 안 좋은 분들에게 돈으로 살 수 없는 독서가 주는 보물을 안겨주고 싶기 때문이다. 독서가 일상이 되고 책 덕분에 살맛 난다는 사람들이 많아지길 소망한다. 이를 위해 나의 에너지와 열정을 꾸준히 나누고 싶다.

* 지구를 위해 친환경재생지를 사용합니다.

거북이 **독서 혁명**

초 판 1 쇄 2021년 4월 5일
지 은 이 김은정
펴 낸 곳 하모니북

출판등록 2018년 5월 2일 제 2018-0000-68호
이 메 일 harmony.book1@gmail.com
전화번호 02-2671-5663
팩 스 02-2671-5662

979-11-89930-85-1 03800
ⓒ 김은정, 2021, Printed in Korea

값 15,000원

이 도서의 국립중앙도서관 출판예정도서목록(CIP)은 서지정보유통지원시스템 홈페이지
(http://seoji.nl.go.kr)와 국가자료공동목록시스템(http://www.nl.go.kr/kolisnet)에서 이용
하실 수 있습니다.